本書難易度對應日本語能力試驗 JLPT

N3　N2　N1

日日系列

SURASURA!

日語讀解 進階篇

今泉 江利子、石川 隆男、堀越 和男 編著

附解析夾冊

多元主題 ✕ 模擬試題 ✕ 重點整理
獨家贈送 文章主題相關日劇與動漫列表，延伸趣味學習

三民書局

序

　　《SURASURA! 日語讀解》為針對欲增強日語閱讀能力的學習者所設計的讀本，分為「初階篇」與「進階篇」兩冊。「初階篇」適合 JLPT 日本語能力試驗 N3 程度，「進階篇」則適合 N2 至 N1 程度使用。全書共有 6 大主題章節，每章節收錄 3 篇閱讀測驗，包含 1 篇長文、1 篇雙篇閱讀以及 1 篇應用文，共計 18 篇，題型仿照日本語能力試驗的出題形式。除了基本的散文之外，應用文素材涵蓋問卷調查、海報以及商業書信等，內容多元、豐富有趣。

　　臺灣人學習日語時經常受母語影響，憑藉著閱讀漢字的優勢，認為只要隨意瀏覽就可了解大致語意，而沒有仔細閱讀字句內容，導致無法確實掌握文章所要表達之意，考試時便無法正確作答，甚至來不及讀完篇幅較長的文章。為了解決臺灣學習者的困擾，我們邀請三位日籍專業日語教師編寫閱讀測驗，透過「飲食與習慣」、「教育與校園」、「自然與環境」、「社會與政治」、「文學與文化」、「商業與經濟」6 大主題文章帶領讀者由淺入深認識日本，並藉由前後文意判讀、詢問文章主旨或理由、比較、判斷敘述正確與否等靈活多變的題型，培養出扎實的日語閱讀能力。每篇閱讀測驗的後面亦提供重要單字表、文法整理、單字及文法的綜合練習題，讓讀者在提升日語閱讀能力的同時，一併複習單字和文法，打下良好基礎。此外，解析夾冊提供文章中譯及練習題解答，方便讀者對照、參考。

　　「SURASURA」為日文「流暢地、順利無阻」之意。期盼讀者透過有趣的文章了解日本文化，同時提升日語長文閱讀能力，使學習更加輕鬆愉快無負擔。

◇✦ 本書特色暨使用說明 ◇✦

本文・問題

　　每章節共收錄 3 篇閱讀測驗，包含 1 篇長篇散文、1 篇雙篇閱讀與 1 篇應用文。長篇散文及雙篇閱讀裡的漢字附有日語假名，幫助讀者學習，應用文則仿照日常生活中實際的海報、商業書信等，不另外於漢字上標記日語假名。問題皆為四選一單選題，透過作答，讀者可測驗自己是否確實讀懂文章內容。

單語

　　整理每篇閱讀測驗中出現的重要單字與專有名詞，提供假名、漢字（或是外來語字源）、詞性以及中文字義，擴充字彙量。詞性一覽表如下：

名	名詞	自	自動詞	副	副詞	接続	接續詞
な形	な形容詞	Ⅰ	第一類動詞	連体	連體詞	接頭	接頭詞
い形	い形容詞	Ⅱ	第二類動詞	感嘆	感嘆詞	接尾	接尾詞
他	他動詞	Ⅲ	第三類動詞	慣	慣用語	助	助詞

＊為配合學習範圍，本書內文精簡部分單字詞性表示。

文型

　　彙整每篇閱讀測驗中出現的日本語能力試驗 N2 及 N1 重要文法，提供中譯、接續方式以及例句，讓讀者在提升閱讀能力的同時，亦能複習日檢常考文法。接續符號請參見 P. Ⅲ「文型接續符號一覽表」。

豆知識

　　部分閱讀測驗附有「豆知識」，透過一問一答的方式，介紹與該篇文章相關的日本文化小知識，增添學習趣味。

もっと知りたい

　　簡單介紹與該篇文章內容相關的日本戲劇、電影或動畫，引發學習者興趣，進而透過影視作品認識、了解更多日本文化。

＊影音相關連結請參見 https://reurl.cc/8q3rvM

腕試し

　　仿照日本語能力試驗「言語知識（文字・語彙・文法）」考題設計，出題範圍為每篇閱讀測
驗的重要單字與文法，幫助讀者複習，打下扎實日語能力。

解析夾冊

　　本書附有解析夾冊，收錄閱讀測驗文章中譯、習題及小試身手參考解答。協助讀者更加理解
文章內容，並提升應試實力。

文型接續符號一覽表

接續符號	代表意義	範例
名詞	名詞語幹	今日
名詞普通形	名詞普通形	今日だ、今日ではない、 今日だった、今日ではなかった
ナ形	ナ形容詞語幹	きれい
ナ形な	ナ形容詞語幹＋な	きれいな
ナ形だ	ナ形容詞語幹＋だ	きれいだ
ナ形で	ナ形容詞て形	きれいで
ナ形だった	ナ形容詞た形	きれいだった
ナ形普通形	ナ形容詞普通形	きれいだ、きれいではない、 きれいだった、きれいではなかった
イ形い	イ形容詞辭書形	忙しい
イ形い	イ形容詞語幹	忙し
イ形くて	イ形容詞て形	忙しくて
イ形ければ	イ形容詞條件形	忙しければ
イ形普通形	イ形容詞普通形	忙しい、忙しくない、 忙しかった、忙しくなかった

接續符號	代表意義	範例
動詞辞書形	動詞辭書形	話す、見る、来る、する
動詞ます	動詞ます形	話します、見ます、来ます、します
動詞ます	動詞ます形去ます	話し、見、来、し
動詞て形	動詞て形	話して、見て、来て、して
動詞ている	動詞て形＋いる	話している、見ている、来ている、している
動詞た形	動詞た形	話した、見た、来た、した
動詞ない形	動詞否定形	話さない、見ない、来ない、しない
動詞ない	動詞否定形去ない	話さ、見、来、し
動詞意向形	動詞意向形	話そう、見よう、来よう、しよう
動詞ば	動詞條件形	話せば、見れば、来れば、すれば
動詞普通形	動詞普通形	話す、話さない、話した、話さなかった
名詞する	動詞性名詞	電話
文	句子	引用文、疑問文、命令文、感嘆文

◇✦ 目次 ◇✦

圖片來源：Shutterstock

第 1 章　飲食與習慣

日付：　　／

1 ぶぶ漬け〜遠回しの本音〜

　「ぶぶ漬け」というのは、日本人なら一度は口にしたことのある食べ物である。これは、主に白いご飯に熱いお茶をかけただけの簡素な料理である。「ぶぶ」というのは、京都の言葉でお茶やお湯を意味しており、「フーフー」と息を吹きかけて冷ましながら飲む様子を表した擬音がその語源である。また、京都の祇園では、舞妓さんや芸妓さんたちが暇な時、茶葉を磨り潰して抹茶にしていたことから、仕事がないことを「お茶を挽く」と言い、「お茶」という言葉自体がネガティブなイメージであった。なので、京都の人はお茶のことを「ぶぶ」または「おぶう」と言い、お茶漬けのことを「ぶぶ漬け」と呼んでいる。

　京都の料理屋では夜も深まると「ぶぶ漬けはどうどす？（お茶漬けを召し上がりますか）」と勧めることがあるようだ。この言葉には「もう遅いのでそろそろ帰って欲しい」という意味が込められているという。お茶漬けは上述のように手間をかけない簡単な料理であり、そこから転じて、もてなすつもりはないから早く帰って欲しいという意味で使われているということである。しかし、京都の人は本当にそういう意味で使っているのだろうか。

　言語学の一分野に語用論がある。語用論とは、「言葉の意味」と「話し手が伝えたい意図」を区別して考え、両者のズレについて研究する学問である。私が台湾に来たばかりの頃、年配の人から「ご飯を食べましたか？」とよく声をかけられた。最初それを聞いた時、私を食事に誘っているのか、おいしいお店を教えてくれるのかと思ったが、私が「食べました」と言うと笑顔になるだけだった。後に、これは貧しい食糧しかなかった頃の、相手を思いやる挨拶だと知り、①温かい気持ちになったのを覚えている。それからというもの、私は「ありがとう。もう食べました。」と伝えるようにしている。

　　では、以上を踏まえて、もう一度ぶぶ漬けの話に戻る。店主が「もう遅いから帰ったほうがいいですよ」という気持ちでそれを言ったとしよう。もし客が「この店主は自分を帰らせたいのか」と否定的に捉えれば嫌味に聞こえるし、逆に「もうこんな時間か、店に迷惑をかけてすまない、教えてくれてありがたい」と肯定的に考えれば言いにくいことを遠回しに伝えようとする店主の粋な計らいに聞こえ、そこには京都人の美学さえ感じる。つまり、コミュニケーションというものは聞き手が言語の記号としての意味を理解することもさることながら、その言語情報をどう解釈するかが重要であり、言外の意味を理解するための②語用論的推論能力も必要であるということなのだ。

問題

1　「ぶぶ漬け」という言葉に対する理解として正しいのはどれか。
　1　「フーフー」と息を吹きかけ冷まして食べる熱い食べ物を指す。
　2　麺にお茶やお湯をかけて食べる簡素な料理のこと。
　3　お茶の持つネガティブなイメージを避けるためそう呼ぶようになった。
　4　日本ではあまり一般的な料理ではない。

2　お茶漬けを勧めることがなぜ早く帰って欲しいという意味で使われるようになったと言われているか。
　1　お茶漬けは人をもてなす時の料理としてはふさわしくないから。
　2　お茶漬けは早く食べられてすぐに帰ることができるから。
　3　お茶漬けは料理屋の食事の締に食べるものだから。
　4　お茶漬けは日本人が好きな料理だから。

3 なぜ筆者は①温かい気持ちになったのか。

1 年配の人が食事に誘ってくれたから。

2 年配の人が私のことを思って挨拶をしてくれたから。

3 年配の人がおいしいお店を教えてくれたから。

4 年配の人が日本語で挨拶してくれたから。

4 筆者の考えるコミュニケーションで必要な②語用論的推論能力とは何か。

1 状況や文脈の中でわからない表現や文法の使い方を推測し理解する力。

2 状況や文脈の中で言葉の記号としての意味を推測し理解する力。

3 状況や文脈の中で話し手が聞き手の感情を推測し理解する力。

4 状況や文脈の中で聞き手が話し手の意図することを推測し理解する力。

🌸 単語

1. かんそ（な）	【簡素（な）】	名・な形 簡樸
2. ふきかける	【吹きかける】	他Ⅱ 吹氣，哈氣
3. さます	【冷ます】	他Ⅰ 降溫，弄涼；掃興
4. ぎおん	【擬音】	名 擬聲（詞），狀聲（詞）
5. ごげん	【語源】	名 語源，詞源
6. すりつぶす	【磨り潰す】	他Ⅰ 磨碎
7. ひく	【挽く・碾く】	他Ⅰ 磨碎，碾碎
8. じたい	【自体】	名 本身
9. ネガティブ（な）	【negative(な)】	名・な形 負面；否定
10. おちゃづけ	【お茶漬け】	名 茶泡飯
11. ふかまる	【深まる】	自Ⅰ 變深，加深
12. てま	【手間】	名 時間和勞力，工夫
13. てんじる	【転じる】	自他Ⅱ 轉變，改變
14. もてなす	【持て成す】	他Ⅰ 款待，招待；請客
15. はなして	【話し手】	名 說話者
16. いと	【意図】	名 意圖，打算
17. ずれ・ズレ		名 差異；分歧；偏差
18. ねんぱい	【年配】	名 年長，年紀大
19. おもいやる	【思い遣る】	他Ⅰ 體貼，體諒
20. とらえる	【捉える】	他Ⅱ 掌握；抓住
21. いやみ	【嫌味】	名 刺耳（的話語或態度）
22. とおまわし	【遠回し】	名 委婉，拐彎抹角
23. いき（な）	【粋（な）】	名・な形 通情達理；漂亮；瀟灑
24. はからい	【計らい】	名 處理，處置
25. コミュニケーション	【communication】	名 溝通
26. きごう	【記号】	名 符號

文型

1. 〜をふまえて【〜を踏まえて】　以…為前提；基於…

 接　名詞＋を踏まえて

 例　以上を踏まえて、もう一度ぶぶ漬けの話に戻る。

2. 〜もさることながら　不僅…；不用說…

 接　名詞＋もさることながら

 例　コミュニケーションというものは聞き手が言語の記号としての意味を理解することもさることながら、その言語情報をどう解釈するかが重要である。

 豆知識

Q：茶泡飯是起源於哪個時代呢？

A：在平安時代（西元 8 世紀末～ 12 世紀末）的文學作品裡，可以發現當時的日本人已將熱水倒入白飯食用，這被認為是茶泡飯的起源。由於茶早期在日本屬於奢侈品，直到江戶時代（西元 17 世紀～ 19 世紀後半）老百姓才開始享受喝茶的樂趣，此時出現了提供茶泡飯等簡單料理的「茶漬屋」，也代表茶泡飯成為一般平民日常生活的一部分。

▶ **もっと知りたい**

テレビドラマ『深夜食堂』

本劇以只在深夜營業的日式食堂為舞臺，描述老闆與客人的互動、交流。第 1 季第 3 集的主題正是茶泡飯。

🌸 腕試し

（　　）に入れるのに最も良いものを、1・2・3・4から一つ選びなさい。

1　彼女が描いた似顔絵は外見の特徴をしっかり（　　）いるので、すごく感心した。
　　1　挽いて　　　　　　2　捉えて　　　　　　3　深まって　　　　　4　転じて

2　本格的な日本料理で外国からのお客様を（　　）と思っています。
　　1　もてなそう　　　2　磨り潰そう　　　3　冷まそう　　　　4　込めよう

3　この和菓子は思った以上に（　　）をかけて作られた。
　　1　嫌味　　　　　　2　意図　　　　　　3　手間　　　　　　4　計らい

4　人間は長期間ストレスを受け続けると、（　　）な考え方に陥りがちだ。
　　1　暇　　　　　　　2　ネガティブ　　　3　簡素　　　　　　4　粋

5　今回のサッカー国家代表チームは強さ（　　）、チームワークが抜群だ。
　　1　を踏まえて　　　　　　　　　　2　もすることながら
　　3　は踏まえて　　　　　　　　　　4　もさることながら

日付：　　／

2　規格外野菜

A　規格外野菜の現状

大きさ、色、形が規格に合わない野菜の一部は、カット野菜、ジュース、加工食品になるものの、その多くは廃棄されるのが現状だ。1973年に設けられたこの規格は、当時「価格の安定」と「流通上の効率化」と「消費者の嗜好」をもとに作成したもので、本来人々の食品安全のために考え出されたものではなかった。その後、安価な輸入農産物の増加のため2002年に廃止された。しかし、地方自治体や農協などは、今もなお産地間の競争優位を理由に継続している。こうした規格外野菜は、量から見ると年間約400万トンにもなり、決して少なくないのが現状だ。ただ、政府の食品ロス統計には含まれていない。そのため、「隠れ食品ロス」と言われ、最近人々の注目を集めている。

B　食品ロス問題の対策

温暖化による気象変動、経済格差による貧困、さらには人口増加による食糧問題が深刻さを増している現在、規格外野菜を含む食品ロスの改善の必要性が高まりつつある。そのため、規格外野菜を出さないのが目的となったと思いきや、最近では逆に、農薬や化学肥料を過剰に使用したり、地方自治体では産地農家保護のために異なる基準が設けられたり、と背景にある状況は複雑化する始末だ。やはり、生産から流通、消費のサプライチェーンにおける各ステークホルダーのなかで、最も影響力があるのは消費者であろう。一筋縄ではいかないこの規格外野菜問題においては、消費者の見た目重視や購買行為の習慣の改善こそが真っ先に行われる必要があると言える。

問題

1 A では、規格外野菜についてどのように述べているか。
1 規格外野菜は、安価な輸入農産物の増加の出現のために売れなくなった。
2 規格外野菜は、「価格安定」・「流通効率」・「消費者嗜好」重視の結果として生まれた。
3 規格外野菜は、量的には 600 万トンと統計上の食品ロスより 200 万トン多い。
4 規格外野菜は、政府規定に合わない野菜のことで、すべて加工食品になる。

2 B では、改善の難しさについて何と言っているか。
1 気象変動や貧困や食糧問題の増加で背景にある状況は複雑化している。
2 規格廃止後、今度は規格外野菜を生産しないのが目的となり農家は困惑している。
3 規格廃止後、地方自治体は異なる規格を設け、農家は農薬の過剰使用を始めた。
4 生産と流通と消費の間では目指すものが異なるので、一筋縄ではいかない。

3 規格外野菜の問題について、A と B の意見が一致しているのはどれか。
1 2002 年に廃止された規格外野菜の規則を復活させる必要がある。
2 食品ロスの改善の必要性が高まりつつある中、状況は複雑化している。
3 「隠れ食品ロス」と言われる規格外野菜が増加している。
4 産地農家を保護しながら、規格外野菜がでないようにするのは困難だ。

単語

1. きかく	【規格】	名 規格，標準
2. はいき	【廃棄】	名・他Ⅲ 廢棄
3. もうける	【設ける】	他Ⅱ 設立；制定
4. こうりつ	【効率】	名 效率
5. さくせい	【作成】	名・他Ⅲ 制定；做；寫
6. あんか（な）	【安価（な）】	名・な形 廉價，便宜
7. のうさんぶつ	【農産物】	名 農産品
8. はいし	【廃止】	名・他Ⅲ 廢止，廢除
9. ちほうじちたい	【地方自治体】	名 地方自治體（日本的地方政府）
10. ゆうい	【優位】	名 優勢
11. けいぞく	【継続】	名・自他Ⅲ 繼續
12. しょくひんロス	【食品ロス】	名 食物浪費
13. へんどう	【変動】	名・自Ⅲ 變動，變化
14. かくさ	【格差】	名 差距
15. ひんこん（な）	【貧困（な）】	名・な形 貧困；貧乏
16. たかまる	【高まる】	自Ⅰ 高漲，提高，增加
17. かじょう（な）	【過剰（な）】	名・な形 過剰，過量
18. ほご	【保護】	名・他Ⅲ 保護
19. サプライチェーン	【supply chain】	名 供應鏈
20. ステークホルダー	【stakeholder】	名 利益相關者（消費者、員工、股東、政府等）
21. ひとすじなわではいかない	【一筋縄ではいかない】	慣 普通的辦法難以處理；棘手
22. みため	【見た目】	名 外貌，外觀
23. まっさき（に）	【真っ先（に）】	名・な形 最先，首先

文型

1. ～ものの　雖然…卻…

　　接　名詞である
　　　　ナ形な／である
　　　　イ形普通形
　　　　動詞普通形
　　　　｝＋ものの

　　例　大きさが規格に合わない野菜の一部は加工食品になるものの、その多くは廃棄される
　　　　のが現状だ。

2. ～をもとに（して）　以…為依據；以…為基礎

　　接　名詞＋をもとに（して）

　　例　1973 年に設けられたこの規格は、「価格の安定」と「流通上の効率化」などをもとに
　　　　作成したものだ。

3. ～からみると【～から見ると】　以…來看

　　接　名詞＋から見ると

　　例　こうした規格外野菜は、量から見ると年間約 400 万トンにもなり、決して少なくない
　　　　のが現状だ。

4. ～つつある　逐漸…

　　接　動詞ます＋つつある

　　例　食糧問題が深刻化を増している現在、食品ロスの改善の必要性が高まりつつある。

5. ～とおもいきや【～と思いきや】　原以為…

　　接　名詞普通形／ナ形普通形／イ形普通形／動詞普通形＋と思いきや

　　例　規格外野菜を出さないのが目的となったと思いきや、産地農家保護のために異なる基
　　　　準が設けられた。

6. ～しまつだ【～始末だ】　最後甚至…

　　接　動詞辞書形／ない形＋始末だ

　　例　その背景にある状況は複雑化する始末だ。

 **腕試し**

（　　）に入れるのに最も良いものを、1・2・3・4から一つ選びなさい。

1　みなみ鉄道海岸線は、4月1日をもって（　　）。
　　1　変動された　　　　2　廃止された　　　　3　作成された　　　　4　廃棄された

2　ドイツ語は日常会話レベルに達した（　　）、レポートを書くにはあまり自信がない。
　　1　をもとに　　　　2　と思いきや　　　　3　から見ると　　　　4　ものの

3　世界経済の回復に伴い、半導体の需要が（　　）いる。
　　1　考え出されて　　2　設けられて　　　　3　集まって　　　　4　高まって

4　先住民は、伝統文化だけでなく、言葉も消え（　　）。
　　1　ものの　　　　　2　始末だ　　　　　　3　つつある　　　　4　つつも

5　やはり（　　）より、中身のほうがずっと大事だろう。
　　1　見た目　　　　　2　格差　　　　　　　3　規格　　　　　　4　真っ先

第 1 章　飲食與習慣

日付：　　／

3

朝食はご飯？パン？

アンケート調査
あなたの平日の朝ごはんは、パン？ご飯？

　朝食は一日の元気の源ですが、忙しい平日の朝は、手早くすませたいはず。では、実際のところはどうなのか？ご飯とパン、その割合や選ぶ理由について、アンケート調査を行いました。

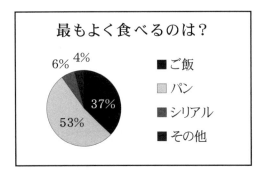
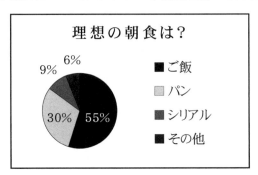

結果の概要

　今回の調査によって、時間がキーワードであることがわかった。一つは作る側であれ、食べる側であれ、時間をかけたくないということ。もう一つは、家族で食べる時間が異なるということである。この2点に適しているのがパン食である。過半数の人がパン食を選ぶ理由はここにある。

　しかし、理想的な朝食について聞いたところ、結果はご飯が過半数を占めた。味噌汁や玉子焼きなど、栄養の偏りや脂質が少なく、腹持ちがいいことが理由として挙がった。

　では、なぜ理想的ではないパン食が選ばれるのか。その理由は、核家族化や共働き世帯の増加などの社会構造の変化が背景としてあり、そのため、簡単に準備できるものが望まれるからである。また、手軽でおいしいパン食を望む消費者のニーズにメーカー側が応えて、さまざまな商品を開発していることも関係しているだろう。

まとめ

　今回の調査で、栄養面を考えて、ご飯食がいいと考えながらも、便利さを優先させてパン食を選んでいる人が多いことがわかった。ただし、パン食であってもサラダや卵、スープなどとともに食べるなどの工夫次第で栄養をバランスよく取ることはできるだろう。

問題

1　平日の朝ごはんに関するアンケート調査からわかることは、次のうち、どれか。

　　1　時間がないので、パンを選んでいるが、栄養のバランスを考えると、ご飯のほうがいいと思っている人が多い。

　　2　ご飯のほうが手間がかかるが、栄養が偏らないので、ご飯を選んでいる人が過半数に達した。

　　3　パンのほうが手軽に栄養が取れるので、パンを選んでいる人が過半数を占めた。

　　4　パン食は準備が簡単で、家族一緒に食べるのに適しているので、理想的な朝ごはんだと考えている人が多い。

2　パン食が選ばれるようになった理由として正しいものはどれか。

　　1　パン食のほうがサラダやスープに合い、現代人の好みにも合っているから。

　　2　社会構造が変化し、朝ごはんを準備する時間が取れなくなったから。

　　3　パンメーカーが安く商品を販売しているから。

　　4　共働き世帯が増え、手軽で栄養価の高いパン食が好まれるようになったから。

単語

1. みなもと	【源】	名	源頭，起源
2. てばやい	【手早い】	い形	迅速，敏捷
3. わりあい	【割合】	名	比例
4. シリアル	【cereals】	名	麥片
5. かはんすう	【過半数】	名	過半數
6. かたより	【偏り】	名	偏重，偏向一方
7. はらもち	【腹持ち】	名	飽足感
8. かくかぞく	【核家族】	名	小家庭
9. ともばたらきせたい	【共働き世帯】	名	雙薪家庭
10. こうぞう	【構造】	名	構造，結構
11. はいけい	【背景】	名	背景
12. てがる（な）	【手軽（な）】	名・な形	簡單；輕易
13. ニーズ	【needs】	名	需求，需要
14. メーカー	【maker】	名	廠商，製造商
15. こたえる	【応える】	自II	滿足；反應；回答
16. かいはつ	【開発】	名・他III	開發
17. まとめ		名	總結，歸納
18. ゆうせん	【優先】	名・自III	優先
19. くふう	【工夫】	名	設法，動腦筋
20. バランス	【balance】	名	均衡，平衡

文型

1. ～であれ～であれ　不論是…還是…

　　接　名詞＋であれ＋名詞＋であれ

　　例　作る側であれ、食べる側であれ、朝は時間をかけたくないものだ。

2. ～ながらも　雖然…卻…

　　接　名詞（であり）
　　　　ナ形（であり）
　　　　イ形い　　　　　　　｝＋ながらも
　　　　動詞ます／ない形

　　例　ご飯食がいいと考えながらも、便利さを優先させてパン食を選んでいる人が多い。

3. ～しだいで【～次第で】　依…

　　接　名詞＋次第で

　　例　工夫次第で栄養をバランスよく取ることができる。

 豆知識

Q：麵包是在何時傳入日本呢？

A：麵包於西元 1543 年左右，隨著漂流至種子島的葡萄牙人，與火槍一起傳入日本，不過當時日本人仍以米飯為主食。進入明治時代後，麵包成為西化飲食的象徵，且配合日本人的口味做調整而受歡迎。二戰後麵包成為學校營養午餐的一部分，日本人便因此養成吃麵包的習慣。

▶ **もっと知りたい**

テレビドラマ『いつかティファニーで朝食を』

本劇描述女主角追求理想的早餐，與高中的三位姊妹淘相約吃早餐，同時也分享各自的煩惱，彼此互相鼓勵。

 **腕試し**

（　　）に入れるのに最も良いものを、1・2・3・4から一つ選びなさい。

1　大手製薬会社によって（　　）新薬は、食品医薬品局の承認を得て来月から販売される。

    1　選ばれた　　　　　2　望まれた　　　　　3　優先された　　　4　開発された

2　この企画はチーム全員で（　　）を凝らして作ったものだ。

    1　背景　　　　　　　2　概要　　　　　　　3　工夫　　　　　4　構造

3　消費者の（　　）に応える新型の自動車を開発できるように努力してまいります。

    1　メーカー　　　　　2　ニーズ　　　　　3　バランス　　　4　シリアル

4　晴れの日（　　）雨の日（　　）、この世界的に有名な遊園地はいつも込んでいる。

    1　であれ／であれ　　　　　　　　　2　というか／というか

    3　である／である　　　　　　　　　4　だったら／だったら

5　仕事で疲れ（　　）、伊藤さんは寝る前に部屋を掃除した。

    1　次第も　　　　　　2　次第で　　　　　3　ながらも　　　4　ながらに

第 2 章　教育與校園

日付：　　／

うつ病との向き合い方

　うつ病は、今や日本で 15 人に 1 人がなる国民病とも言える心の病気です。しかし、うつ病の正しい理解はあまり進んでおらず、①そういった人に対し「怠けている」とか「根性がない」などと思う人も少なからずいます。うつ病は外からは見えにくい病気なのです。そのため、学校や職場、家族にさえ理解してもらえず、学校では問題児扱いされ、職場ではやる気のない人間だと思われ、家族とも諍いが絶えないという人もいます。

　実はうつ病にかかる人は真面目で責任感が強く、人一倍頑張ってしまう人が多いのです。例えば社会人の場合、ノルマや職責を果たすため自分の限界を超えて頑張ろうとし、知らず知らずのうちにストレスが溜まって心が消耗していきます。しばらくこのような状態が続くと、ある日動悸や頭痛がし始め、夜は眠れず、朝は体が鉛のように重くなりベッドから起き上がれなくなります。周りに迷惑をかけまいと自分を奮い立たせて頑張ろうとしても、頭も体も動きません。ネガティブな思考に支配され、どんどん気分が落ち込みます。悲しくもないのに涙がこぼれることもあります。このような身体の異常、精神の異常に伴い、それまでできたこともできなくなり、人間関係にもひずみが生じ、一人でいることが多くなります。それがまたうつ病を悪化させていくのです。そのような②負のスパイラルにはまると、次第に自分は価値のない人間だ、死んでしまいたいとすら思うようになり、実際その中には自死を選ぶ人もいます。

　「うつ病は心の風邪」という表現がありますが、薬を飲んで 2、3 日寝れば治るというものではありません。何か月も何年も、人によっては再発と寛解を繰り返し、10 年以上苦しむことさえあります。それがうつ病の恐ろしさなのです。自分がうつ病ではないかと感じたら、まず、心療内科やメンタルクリニックなど専門医のいる病院へ行くことが重要です。しかし、厚生労働省の調査によると、うつ病になっても受診するのは 4 分の 1 程度に過ぎず、途中で通院を止めてしまうケースも多いのです。

うつ病は、「心の弱い人がかかる」「気の持ちようで克服できる」と誤解している人がまだたくさんいます。ですが、決してそんな生易しいものではありません。もし目の前に足を骨折した人が困っていたら、あなたはどうしますか？きっと手を貸し、助けてあげるはずです。うつ病は早期発見、早期治療はもちろんですが、周りの人たちもうつ病に関する正しい知識を持つことが大切です。無理をさせず、温かく見守ってあげることこそ寛解を早める一番の近道なのです。うつ病は、「心の骨折」なのです。

 問題

1　①そういった人とは誰のことか。
 1　学校では問題児扱いされ、職場ではやる気のない人間だと思われている人。
 2　真面目で責任感が強く、人一倍頑張ってしまう人。
 3　国民病にかかっている人。
 4　うつ病にかかっている人。

2　②負のスパイラルとあるが、筆者はどのように考えているか。
 1　頑張ろうという本人の意志に関係なく心も体もどんどん蝕まれていく。
 2　いいことと悪いことが交互に断続的に起こり、精神及び身体に異常をきたす。
 3　気分が落ち込み、悲しくて涙を流す日が続く。
 4　人間関係がうまくいかなくなり、孤独で寂しく感じるようになる。

3　うつ病は依然として誤解されているが、その特徴として適当なものはどれか。
 1　うつ病は意志の弱い人がかかりやすい。
 2　うつ病は根性と気合いで治すことができる。
 3　うつ病は治りにくい病気である。
 4　うつ病は怠けている人がなりやすい。

4 この文章で筆者が最も言いたいことは何か。

1 うつ病は風邪のように簡単には治らない。

2 足を骨折した人を無理に歩かせてはいけないように、うつ病にかかった人を頑張らせてはいけない。

3 足を骨折した人は無理に歩かせてはいけないように、うつ病の人も運動をさせてはいけない。

4 骨折をしたら周りの助けが必要なのと同じように、うつ病も周りの理解とサポートが必要だ。

_____
_____
_____
_____
_____
_____
_____
_____
_____
_____

🌸 単語

1. うつびょう	【うつ病】	名	憂鬱症
2. なまける	【怠ける】	他Ⅱ	懶惰，怠惰
3. こんじょう	【根性】	名	毅力；脾氣
4. すくなからず	【少なからず】	副	不少，很多
5. もんだいじ	【問題児】	名	問題兒童
6. やるき	【やる気】	名	幹勁
7. いさかい	【諍い】	名	爭吵，爭執
8. たえる	【絶える】	自Ⅱ	停止；斷絕
9. ひといちばい	【人一倍】	名・副	比別人加倍
10. ノルマ	【norma】	名	業績；限定的額度
11. はたす	【果たす】	他Ⅰ	完成，實現
12. しらずしらず	【知らず知らず】	副	不知不覺，不由得
13. たまる	【溜まる】	自Ⅰ	積蓄，積累
14. どうき	【動悸】	名	心悸
15. おきあがる	【起き上がる】	自Ⅰ	坐起來；站起來
16. ふるいたつ	【奮い立つ】	自Ⅰ	鼓舞，振奮，奮起
17. おちこむ	【落ち込む】	自Ⅰ	情緒低落，消沉
18. ひずみ	【歪み】	名	弊病，負面影響；歪斜
19. あっか	【悪化】	名・自Ⅲ	惡化
20. スパイラル	【spiral】	名	惡性循環；螺旋
21. はまる	【填まる・嵌まる】	自Ⅰ	陷入；嵌入；適合
22. さいはつ	【再発】	名・自Ⅲ	復發；再次發生
23. かんかい	【寛解・緩解】	名	病情緩和
24. じゅしん	【受診】	名・自Ⅲ	接受診斷
25. つういん	【通院】	名・自Ⅲ	定期回診
26. きのもちよう	【気の持ちよう】	慣	取決於內心的想法
27. なまやさしい	【生易しい】	い形	輕而易舉的

文型

1. ～ともない／ともなって【～に伴い／に伴って】　伴隨著…

    接　名詞＋に伴い／に伴って

    　　動詞辞書形＋の＋に伴い／に伴って

    例　このような身体の異常、精神の異常に伴い、それまでできたこともできなくなり、人間関係にもひずみが生じ、一人でいることが多くなります。

2. ～すら　甚至…；連…都…

    接　名詞（＋助詞）＋すら

    　　動詞ます＋たい＋と＋すら

    　　動詞意向形＋と＋すら

    例　負のスパイラルにはまると、死んでしまいたいとすら思うようになり、実際その中には自死を選ぶ人もいます。

3. ～はもちろん　不只…也…；別提…連…

    接　名詞＋はもちろん

    例　うつ病は早期治療はもちろん、周りの人たちもうつ病に関する正しい知識を持つことが大切です。

 ## 豆知識

Q：在臺灣和日本看醫生的差異有哪些？

A：在臺灣看醫生只要出示健保卡，不過在日本，還要出示「診療券」（初診時會拿到）。此外，日本落實「小病到診所，大病到大醫院」的分級醫療概念，若至大醫院就醫，需持有診所醫生所寫的「介紹信」，如果沒有「介紹信」則必須繳交額外的費用。

▶ もっと知りたい

テレビドラマ『うつ病九段』

本劇描述日本將棋棋士先崎學因罹患憂鬱症，不得不暫時離開將棋界，與病魔戰鬥的一年生活。

 腕試し

（　　）に入れるのに最も良いものを、1・2・3・4から一つ選びなさい。

1 担任の佐藤先生は日本語（　　）、英語や韓国語なども得意だよ。

　　1　はもちろん　　　　2　によると　　　　3　すら　　　　　4　のうちに

2 経済と工業の発展（　　）、騒音や大気汚染など様々な公害問題も生じた。

　　1　にこたえて　　　　2　に関して　　　　3　について　　　4　に伴って

3 なぜいまだに世界中で戦争が（　　）のだろうか。

　　1　絶えない　　　　　2　果たさない　　　3　怠けない　　　4　治さない

4 祖父は今朝うっかりして溝に（　　）が、幸いにけがはなかった。

　　1　溜まった　　　　　2　はまった　　　　3　落ち込んだ　　4　奮い立った

5 エクストリームスポーツという危険なスポーツをするのは（　　）ことではない。

　　1　重要な　　　　　　2　繰り返した　　　3　生易しい　　　4　人一倍の

日付：　　/

いじめ

A　「傍観者効果」理論について

文部科学省はいじめに関与する者として、加害者・被害者・観衆の三者を挙げていた。それが 2013 年に新たに傍観者が加えられた。これは世界の動向を反映したものである。実際、学校のいじめの現場では、いじめを知っていたり目撃したりしている傍観者がいる場合が殆どである。しかし、彼らには、無関心というか臆病というか、何故か被害者を救済しようとはしないものがある。そこには、社会心理学の「傍観者効果」が影響していると見られている。これは、自分以外に目撃者がいると自ら率先して援助行動しなくなるという心理現象である。「誰かがやるだろう」、「責任を取りたくない」、「周囲の目が気になる」といった心理状態ぬきには理解できない現象である。

B　傍観者も加害者である

1996 年いじめの対応策として傍観者に注目したのは、フィンランドの Christina Salmivalli 氏である。いじめという行為において、首謀者は他人に対して、少しでも強く大きく優位に見せようとするパワー不均衡の心理がはたらいていると彼女は言う。そのため、傍観者がいじめの場面で、沈黙や無視の行動を取れば、首謀者にとってはむしろいじめに対する暗黙の了解を得たのと同然である。自己肯定感はさらに高まり、いじめはさらにエスカレートしていくきらいがある。そうなれば、無言とは言え、傍観者も間接的に加害者になりかねない。しかし、逆に「擁護者にもなれる確信や自信」を傍観者に持たせれば、いじめを抑止できなくもない。私もいじめ予防策として傍観者への対応は有効だと考える。

問題

1　A では、筆者は傍観者効果についてどのように述べているか。

1　いじめの現場で、被害者を無視しようとする心理状態。

2　いじめの現場で、少しでも強く大きく優位に見せようとする心理状態。

3　他の目撃者がいると、自ら率先して援助をしなくなる心理状態。

4　社会心理学の一つで、自分以外に対して無関心や臆病になる心理状態。

2　B では、筆者は傍観者について何と言っているか。

1　傍観者の沈黙や無視の行動は、首謀者にとっては嫌な態度である。

2　自己肯定感はさらに高まり、いじめはさらにエスカレートする。

3　傍観者の沈黙や無視の行動は、ときに間接的に加害者になる可能性がある。

4　自己肯定感はさらに高まり、沈黙や無視の行動をとる。

3　A と B のどちらの文章にも触れられている点は何か。

1　いじめに関与する者は、加害者・被害者・傍観者だけだ。

2　擁護者になれる確信や自信を傍観者に持たせれば、予防策になる。

3　傍観者には、傍観者効果が影響しているということを理解する必要がある。

4　いじめに関与する者のなかで、傍観者の影響力は大きい。

単語

1. いじめ	【虐め】	名	霸凌；欺負
2. かんよ	【関与】	名・自Ⅲ	參與；干預
3. かんしゅう	【観衆】	名	觀眾
4. どうこう	【動向】	名	動向，趨勢
5. はんえい	【反映】	名・自他Ⅲ	反映；顯示
6. げんば	【現場】	名	現場
7. もくげき	【目撃】	名・他Ⅲ	目擊，親眼目睹
8. むかんしん（な）	【無関心（な）】	名・な形	不關心；不感興趣
9. おくびょう（な）	【臆病（な）】	名・な形	膽小，膽怯
10. きゅうさい	【救済】	名・他Ⅲ	救濟，救援，拯救
11. みずから	【自ら】	名	自己；親自
12. そっせん	【率先】	名・自Ⅲ	率先，帶頭
13. えんじょ	【援助】	名・他Ⅲ	援助，幫助
14. げんしょう	【現象】	名	現象
15. しゅうい	【周囲】	名	周圍，周遭
16. ちんもく	【沈黙】	名・自Ⅲ	沉默
17. むしろ	【寧ろ】	副	反倒，倒不如說
18. あんもくのりょうかい	【暗黙の了解】	慣	默認；默許
19. どうぜん（な）	【同然（な）】	名・な形	等於，就像
20. じこ	【自己】	名	自我
21. エスカレート	【escalate】	名・自Ⅲ	逐步上升
22. むごん	【無言】	名	沉默，不說話
23. かくしん	【確信】	名・他Ⅲ	把握；確信

文型

1. ～というか～というか　該說是…還是…

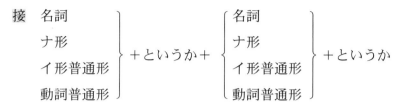

　　例　傍観者は無関心というか臆病というか、何故か被害者を救済しようとはしない。

2. ～ものがある　有…的一面

　　接　ナ形な
　　　　イ形い　　　　　　　　 ＋ものがある
　　　　動詞辞書形／ない形

　　例　彼らには、何故か被害者を救済しようとはしないものがある。

3. ～ぬきに（は）～ない　沒有…就不能…

　　接　名詞＋ぬきに（は）＋動詞否定形

　　例　傍観者効果は「責任を取りたくない」、「周囲の目が気になる」といった心理状態ぬ
　　　　きには理解できない現象である。

4. ～きらいがある　有…傾向；有…的壊毛病

　　接　名詞＋の
　　　　動詞辞書形／ない形 ＋きらいがある

　　例　いじめはさらにエスカレートしていくきらいがある。

5. ～かねない　很可能…；難保不…

　　接　動詞ます＋かねない

　　例　無言とは言え、傍観者も間接的に加害者になりかねない。

6. ～なくもない　也不是不…

　　接　名詞で／ナ形で＋なくもない

　　　　イ形い＋くもない

　　　　動詞ない＋なくもない

　　例　傍観者に「擁護者にもなれる確信」を持たせれば、いじめを抑止できなくもない。

 **腕試し**

（　　）に入れるのに最も良いものを、1・2・3・4から一つ選びなさい。

1　彼女は何度も失恋を繰り返し、恋愛に（　　）になってしまった。
　　　　1　臆病　　　　　　　2　同然　　　　　　　3　嫌　　　　　　　4　不均衡

2　唯一の目撃者は、交通事故について何も言わず（　　）ままだった。
　　　　1　反映する　　　　　2　反映した　　　　　3　沈黙する　　　　4　沈黙した

3　彼は嘘をつく（　　）から、周りの人に嫌われている。
　　　　1　ぬきに　　　　　　2　かねない　　　　　3　きらいがある　　4　なくもない

4　私は責任者として、駅周辺の再開発プロジェクトに（　　）ことになりました。
　　　　1　関与する　　　　　2　予防する　　　　　3　確信する　　　　4　影響する

5　キャプテンが不在で、このままでは8月のインターハイで我々は敗北し（　　）。
　　　　1　きらいがある　　　2　かねない　　　　　3　ものがある　　　4　なくもない

▶ もっと知りたい

テレビドラマ『3 年 A 組－今から皆さんは、人質です－』

劇情敘述一名老師為了解開女學生自殺的謎團，集合班上學生要求他們找出兇手，以校園懸疑劇的方式探討霸凌問題。

テレビドラマ『35 歳の高校生』

本劇描述一位進入高中日間部的 35 歲女性，試圖解決學校裡的各種問題。除了霸凌之外，劇情亦探討日本的校園階級制度、吃「廁所飯」等議題。

テレビドラマ『わたしたちの教科書』

本劇描述律師與菜鳥代理教師針對國中生墜樓事件展開調查，進而發現學校的黑暗面，劇情內容亦講述校園霸凌問題。

日付：　　／

6　オープンキャンパス

20XX 年度　緑山大学　オープンキャンパス

オープンキャンパスは緑山大学の教育・研究・施設・学生生活などについて知っていただくために行う、心のこもったイベントです。

対象者

緑山大学への受験を希望する高校生とその保護者の方。
（高校生の方なら学年を問わずご参加いただけます）
日本語学校に在学中の外国人留学生の方。

日時および場所

開催日	時間	学部	会場
8 月 3 日（土）	9:00 ～ 16:00	すべての学部	緑山記念ホール
8 月 4 日（日）	13:00 ～ 17:00	文学部／医学部	緑山記念ホール
8 月 10 日（土）	13:00 ～ 17:00	教育学部／薬学部	国際交流ホール
8 月 11 日（日）	13:00 ～ 17:00	経済学部／工学部	国際交流ホール

当日のプログラム

8 月 3 日（土）

時間	プログラム内容
9:00 ～ 10:00	学長あいさつをはじめとしたオープニングセレモニー
10:00 ～ 12:00	在校生交流コーナー／相談コーナー
12:00 ～ 13:30	お昼休憩
13:30 ～ 16:00	キャンパスツアー（図書館／寮など施設見学）

8 月 4、10、11 日

時間	プログラム内容
13:00 ～ 15:00	在校生交流コーナー／相談コーナー
15:30 ～ 17:00	キャンパスツアー（図書館／寮など施設見学）

事前予約の方法と期限について

1.　緑山大学のホームページから参加の登録をする。

2.　参加希望日のオープンキャンパスに事前申し込みをする。

3.　参加当日に「オープンキャンパス入場証」を受付で提示する。

登録はお 1 人様ずつ、各日で必要です。

申込期間：6 月 24 日（月）～ 7 月 31 日（水）

来場の注意事項・お願い

1.　受付時間は各日開催開始時間の 1 時間前となっております。

2. 電車やバスといった公共交通機関をご利用ください。

3. 会場内では係員の指示に従ってください。

4. 会場内で広報担当者が写真や動画の撮影を行います。撮影を望まれない方は広報担当者にその旨をお知らせください。

お問い合わせ

緑山大学　学生支援部入試課

TEL：078-9677-1111　　　E-mail：nyushi@midoriyama-u.ac.jp

 問題

1 坂本さんは、日本文学を勉強したいと思っている。次のうち、いつのオープンキャンパスに参加すればいいか。

1　8月3日土曜日

2　8月4日日曜日

3　8月3日土曜日と8月4日日曜日

4　8月3日土曜日と8月4日日曜日と8月10日土曜日

2 張さんはクラスメートの郭さんと2人で8月3日と4日のオープンキャンパスに参加したいと思っている。どうすればいいか。

1　張さんが代表して6月末までに、緑山大学のホームページから一度に8月3日と4日の申し込みをする。

2　張さんと郭さんが各自7月中に、緑山大学に電話して、一度に8月3日と4日の申し込みをする。

3　7月末までに緑山大学のホームページから、張さんが8月3日の分を、郭さんが4日の分の申し込みをする。

4　張さんと郭さんが緑山大学のホームページから各自7月中に、8月3日の分と4日の分を1日ずつ申し込む。

単語

1. オープンキャンパス	【open campus】	名	校園開放日（校方針對考生所舉辦的說明會）
2. しせつ	【施設】	名	設施；設備
3. こもる	【籠る】	自Ⅰ	充滿
4. じゅけん	【受験】	名・他Ⅲ	報考，應試
5. ほごしゃ	【保護者】	名	家長；監護人
6. ざいがく	【在学】	名・自Ⅲ	在學，在校
7. および	【及び】	接続	和，以及
8. かいさい	【開催】	名・他Ⅲ	舉辦，舉行
9. ホール	【hall】	名	禮堂，大廳
10. とうじつ	【当日】	名	當天
11. プログラム	【program】	名	流程，計畫；節目
12. がくちょう	【学長】	名	大學校長
13. セレモニー	【ceremony】	名	典禮，儀式
14. じぜん	【事前】	名	事先，事前
15. もうしこみ	【申し込み】	名	申請，報名，預約
16. ていじ	【提示】	名・他Ⅲ	出示
17. らいじょう	【来場】	名・自Ⅲ	到場，出席
18. かかりいん	【係員】	名	工作人員
19. こうほう	【広報】	名	宣傳，公關
20. むね	【旨】	名	意思

文型

1. ～のこもった／～がこもった　充滿…；懷著…

　　接　名詞＋の／が＋こもった＋名詞

　　例　オープンキャンパスは緑山大学について知っていただくために行う、心のこもったイベントです。

2. ～をとわず【～を問わず】　無關…；不管…

　　接　名詞＋を問わず

　　例　高校生の方なら学年を問わずご参加いただけます。

3. ～をはじめ　以…為首

　　接　名詞＋をはじめ

　　例　9時より、学長あいさつをはじめとしたオープニングセレモニーを行います。

4. ～といった　…等

　　接　名詞＋といった＋名詞

　　例　電車やバスといった公共交通機関をご利用ください。

豆知識

Q：常常在日劇或動畫聽到「偏差值」一詞，究竟代表什麼意思呢？

A：「偏差值」全名為「學力偏差值」，表示考生的排名相對位置，在日本常用於入學考試的落點分析。偏差值 50 為平均值，大部分的考生會落在偏差值 25~75 這個範圍內。臺灣則採用 PR 值（百分等級）來表示考生於入學測驗的排名相對位置。

もっと知りたい

テレビドラマ『ドラゴン桜』

本劇描述男主角要將平均偏差值 36 的私校改造成為升學名校，透過劇情可以認識日本的升學制度。

 **腕試し**

（　　）に入れるのに最も良いものを、1・2・3・4から一つ選びなさい。

1　第 100 回の大学祭は予定通りに（　　）いたします。

1　受験　　　　　　　2　在学　　　　　　　3　開催　　　　　　　4　登録

2　あの全身黒ずくめの怪しい人は警察に身分証明書を（　　）と言われた。

1　参加しろ　　　　　2　相談しろ　　　　　3　見学しろ　　　　　4　提示しろ

3　昼夜（　　）車の騒音が聞こえて、うるさくてどうにかしたい。

1　をはじめ　　　　　2　を問わず　　　　　3　のこもった　　　　4　といった

4　寿司（　　）、天ぷら、すき焼きなどの日本料理は多くの台湾人に好まれている。

1　をこめて　　　　　2　を問わず　　　　　3　を踏まえて　　　　4　をはじめ

5　第一次産業とは、農業、林業、漁業（　　）産業のことです。

1　といった　　　　　2　をはじめ　　　　　3　を問わず　　　　　4　がこもった

第 3 章　自然與環境

日付：　／

7

天災は忘れた頃来る

　「ちょうどお昼時でたまたま畑にいたんだが、大きな揺れでその場にしゃがみ込んだんだ。夕方になるとあっちの空がまるで夕焼けのように赤く染まって、ああ、あそこが東京なんだなってわかったんだ。」と東南を指差し、私に言った。もう40年も前のことになるが、祖母が私に地震の怖さを教えてくれた。1923年9月1日11時58分、神奈川県西部を震源とする大地震が南関東を襲った。地震の大きさを表すマグニチュードは7.9、震度は7、当時は木造家屋がほとんどだったため、東京都心を中心に地震後発生した火災が被害を更に大きくした。死者・行方不明者は全体で10万人を超え、明治以降の日本の地震被害としては最大規模となった。この地震は関東大震災と呼ばれ、後に地震が起こった9月1日は「防災の日」とされた。

　自然地理学的観点から見ると日本列島の周りでは4つのプレートがぶつかり合っていることや、火山が多いことと相まって、日本は地震が頻発する地震大国である。2021年に観測された震度3以上の地震は91回あり、4日に1回のペースで、日本のどこかで起こった計算になる。また、多くの人命が失われるような大規模な地震も数年に一度の割合で起こっており、その中でも1995年の「阪神・淡路大震災」、2011年の「東日本大震災」、2016年の「熊本地震」は記憶に残っている人も多いだろう。

　しかしながら、このような地震も個人レベルで見ると一生に一度あるかないかというだけあって、まるで対岸の火事のように考える人も少なくない。そのため「天災は忘れた頃来る」と、気を緩めないよう戒め、注意を促す言葉を地震の度にメディアなどを通してやたらと聞く。これは戦前の日本の物理学者で、随筆家でもある寺田寅彦が遺した言葉だ。彼は関東大震災の被害調査に熱心に携わり、その後の日本における防災の礎を築いた人物でもある。

現在、30 年以内に 70 ％ の確率で起こると言われているのが、首都 直下型地震と南海トラフ地震である。もし起これば、その被害は熊本地震どころか 東 日本大震災を優に上回ると 考 えられている。防災科学技 術 研 究 所が「全国地震動予測地図」をもとに作った「J-SHIS 地震ハザードステーション」によると、熊本地震は 2016 年時点でわずか 7.6 ％ の発生確率であったのにもかかわらず起こったのである。このことからもこの 70 ％ という数字がどれだけ現実性の高いものであるかがわかる。「正しく物事を恐れよ」と寺田が言う。天災が 最 も恐ろしいのは「天災は忘れた頃来る」という言葉を人々が忘れた時だ。

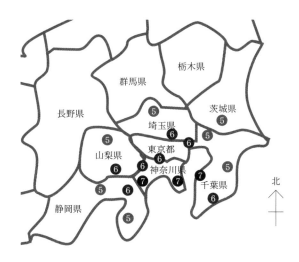

 問題

1 祖母と私はどこに住んでいたか。

1 山梨県

2 千葉県

3 茨城県

4 群馬県

2 なぜメディアなどは「天災は忘れた頃来る」という言葉を伝えるのか。

  1 自然災害はいつ来るかわからないので日々の備えが重要であることを伝えるため。

  2 自然災害の恐ろしさは経験したことがないとわからないと伝えるため。

  3 自然災害はほとんど来ないので人々は自然災害について忘れてしまうから。

  4 この言葉を遺した寺田寅彦を忘れないようにするため。

3 寺田が言う「正しく物事を恐れよ」とは、どのような意味か。

  1 地震などの自然災害は大きな被害をもたらすので恐れるべきだ。

  2 大きな地震は滅多に経験することはないので恐れ過ぎる必要はない。

  3 科学的に事実を把握し、それによって判断し対策をとることが大切だ。

  4 科学的に事実を把握し、その危険度に合わせて恐れるべきだ。

4 筆者が伝えたいことはどれか。

  1 首都直下型地震と南海トラフ地震は近い将来起こる可能性があるので注意が必要だ。

  2 天災は油断していた時に被害が最大化するので、各人が日頃から気を緩めずに対策をとっておくことが大切である。

  3 日本は地震大国で頻繁に地震が起こるので、近年国民は地震に慣れてしまい防災の意識が低くなっているので心配だ。

  4 日本のメディアなどは自然災害というと地震の報道ばかりして、国民に危機意識を煽りすぎている。

🌸 単語

1. てんさい	【天災】	名	天災
2. ひるどき	【昼時】	名	正午；午餐時間
3. しゃがみこむ	【しゃがみ込む】	自Ⅰ	蹲下
4. ゆうやけ	【夕焼け】	名	晚霞
5. そまる	【染まる】	自Ⅰ	染上；受影響
6. ゆびさす	【指差す】	他Ⅰ	用手指
7. おそう	【襲う】	他Ⅰ	襲擊，侵襲
8. マグニチュード	【magnitude】	名	地震規模
9. かおく	【家屋】	名	房屋
10. ゆくえふめい	【行方不明】	名	失蹤，下落不明
11. かんてん	【観点】	名	觀點，看法
12. プレート	【plate】	名	板塊
13. ひんぱつ	【頻発】	名・自Ⅲ	不斷發生
14. かんそく	【観測】	名・他Ⅲ	觀測；觀察
15. ペース	【pace】	名	速度；步調
16. たいがんのかじ	【対岸の火事】	慣	隔岸觀火
17. ゆるめる	【緩める】	他Ⅱ	鬆懈，疏忽；放鬆
18. いましめる	【戒める】	他Ⅱ	警惕；告戒
19. うながす	【促す】	他Ⅰ	促使，催促
20. やたら（と）		副・な形	非常，大量；隨便，胡亂
21. たずさわる	【携わる】	自Ⅰ	從事，參與
22. きずく	【築く】	他Ⅰ	建立，構築
23. ゆうに	【優に】	副	（程度）有餘；（數量）十足
24. うわまわる	【上回る】	自Ⅰ	超過，超出
25. ものごと	【物事】	名	事物，事情
26. おそれる	【恐れる】	自Ⅱ	畏懼，害怕

文型

1. 〜とあいまって【〜と相まって】　與…互相作用；與…相結合

　接　名詞＋と相まって

　例　日本列島の周りでは４つのプレートがぶつかり合っていることや、火山が多いことと相まって、日本は地震が頻発する地震大国である。

2. 〜だけあって　正因為…

　接　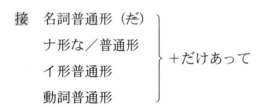名詞普通形（だ）
　　　ナ形な／普通形
　　　イ形普通形
　　　動詞普通形　　　｝＋だけあって

　例　このような地震も個人レベルで見ると一生に一度あるかないかというだけあって、まるで対岸の火事のように考える人も少なくない。

3. 〜どころか　別說…

　接　名詞
　　　ナ形な
　　　イ形い
　　　動詞辞書形　｝＋どころか

　例　もし起これば、その被害は熊本地震どころか東日本大震災を優に上回ると考えられている。

4. 〜にもかかわらず　儘管…

　接　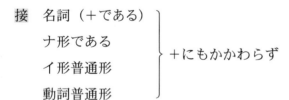名詞（＋である）
　　　ナ形である
　　　イ形普通形
　　　動詞普通形　　　｝＋にもかかわらず

　例　「J-SHIS 地震ハザードステーション」によると、熊本地震は 2016 年時点でわずか 7.6％の発生確率であったのにもかかわらず起こったのである。

 **腕試し**

（　　）に入れるのに最も良いものを、1・2・3・4から一つ選びなさい。

1 学生たちは答案用紙に各自の（　　）を書いて提出した。

1　観測　　　　　　2　観点　　　　　　3　確率　　　　　　4　割合

2 政府は国民に気を（　　）感染予防を徹底するよう呼びかけている。

1　戒めずに　　　　2　襲わずに　　　　3　緩めずに　　　　4　促さずに

3 相手と友好な関係を（　　）ためには、まず自分から好意を示さなければならない。

1　上回る　　　　　2　築く　　　　　　3　恐れる　　　　　4　染まる

4 父は野球について何も知らず、ルール（　　）有名な選手の名前も全然知らない。

1　どころか　　　　2　どころで　　　　3　どころへ　　　　4　どころに

5 雨が止んだ（　　）、午後の試合は中止になった。

1　に対して　　　　　　　　　　　　2　に代わって

3　にとって　　　　　　　　　　　　4　にもかかわらず

日付：　　／

8　獣害対策

A　野生動物による農業被害

　　森林国家の日本では、野生動物による農業被害が後を絶たない。かれらは、山間部の過疎化や高齢化の進んだ地区に出没し、田畑を荒らしたりビニールハウスを壊したりして被害を与えているのだ。特に 1990 年代後半からのイノシシ、シカ、サルによる被害が増大している。総務省の調査によると、被害額は 2010 年の 240 億円をピークに減少傾向にある一方で、未公開の被害も多く、実態はより深刻さを増しているようだ。こうした状況を受け政府は、2013 年に捕獲による生息数半減策や 2014 年には捕獲獣肉衛生管理に関するガイドラインを発表した。

　　しかし、人間の森林伐採により住処を追われ人里に降りてきた野生動物もいるので、駆除すれば問題は全て解決するというわけにはいくまい。

B　島根県美郷町の獣害対策

　　獣害対策では、ワナや猟銃の許可制や動物保護法もあり、捕獲を行おうにも勝手にはできない。また、捕獲した獣肉処理にも衛生管理・運搬・埋没・焼却などの経費もかかる。そのため地方自治体を中心に具体策が模索されつつある。ここでは、2012 年農林水産大臣賞を受賞し一躍有名になった島根県美郷町の例を紹介しよう。美郷町は、1999 年から獣害対策を人任せにせず、被害者も自ら狩猟資格をとり駆除に参加したり、共同食品加工工場を設立したりと経費削減につとめ、さらには大手獣肉加工会社と提携し資源化に漕ぎつけた。町の当事者といわず婦人会といわず地域ぐるみで被害者の救済、地域の安全、経済の活性化に努めた。今では観光がてら見学しに来る者がいるほどだという。

問題

1 　Aでは、野生動物による農業被害についてどのように述べているか。

1　総務省の調査によると、被害額は 2010 年より増加傾向にある。

2　森林伐採により住処を追われ人里に降りてきた野生動物は、おとなしい。

3　1990 年代後半からイノシシ、シカ、サルによる農業被害が特に増大している。

4　山間部の過疎化や高齢化地区に出没し、民家を破壊している。

2 　Bでは、美郷町の獣害対策の内容について何と言っているか。

1　被害者は、狩猟資格を持つ専門家に依頼し、獣害動物の駆除をした。

2　いろいろな経費がかかるため、国に依頼して具体策を模索した。

3　経費削減のために自ら共同獣肉処理場を設立し、加工会社とも提携した。

4　被害者だけで、自分達の救済、地域の安全、経済の活性化に努めた。

3 　獣害対策について、AとBはどのように述べているか。

1　AもBも、動物保護法があるため、獣害対策は難しいと述べている。

2　AもBも、生息数半減対策をよく理解しなければならないと述べている。

3　Aは野生動物を駆除しただけでは問題は解決しないと述べ、Bは地域ぐるみで具体策を立てることが有効だと述べている。

4　Aは山間部の過疎化や高齢化が問題だと述べ、Bは経費削減や協力会社との連携が問題だと述べている。

単語

1. たいさく	【対策】	名	對策
2. かそ	【過疎】	名	（人口）外流；稀少
3. たはた	【田畑】	名	田地
4. あらす	【荒らす】	他Ⅰ	破壞；使荒蕪
5. ピーク	【peak】	名	高峰
6. じったい	【実態】	名	實際情況，真實情況
7. ガイドライン	【guideline】	名	指導方針
8. ほかく	【捕獲】	名・他Ⅲ	捕獲
9. せいそく	【生息】	名・自Ⅲ	生存，棲息；生活
10. はんげん	【半減】	名・自他Ⅲ	減半
11. ばっさい	【伐採】	名・他Ⅲ	砍伐，採伐
12. ひとざと	【人里】	名	村落，村莊
13. くじょ	【駆除】	名・他Ⅲ	驅除，消滅
14. わな	【罠】	名	陷阱，圈套
15. うんぱん	【運搬】	名・他Ⅲ	搬運，輸送
16. しょうきゃく	【焼却】	名・他Ⅲ	焚燒
17. けいひ	【経費】	名	經費
18. もさく	【模索】	名・他Ⅲ	摸索
19. いちやく	【一躍】	名・副	一躍
20. きょうどう	【共同】	名・自Ⅲ	共同
21. さくげん	【削減】	名・他Ⅲ	削減，減去
22. つとめる	【努める】	自Ⅱ	盡力，努力
23. ていけい	【提携】	名・自Ⅲ	合作
24. こぎつける	【漕ぎ着ける】	自Ⅱ	努力做到，努力達到
25. ～ぐるみ		接尾	全…；連帶…

文型

1. ～いっぽう（で）【～一方（で）】　另一方面卻…

　　接　名詞である
　　　　ナ形な／である
　　　　イ形普通形
　　　　動詞普通形 ｝＋一方（で）

　　例　被害額は 2010 年の 240 億円をピークに減少傾向にある一方で、未公開の被害も多く、
　　　　実態はより深刻さを増している。

2. ～まい　應該不會…吧（表示否定推測）

　　接　動詞辞書形＋まい

　　例　人間の森林伐採により住処を追われ人里に降りてきた野生動物もいるので、駆除すれ
　　　　ば解決するというわけにはいくまい。

3. ～（よ）うにも～ない　就算想…也不能…

　　接　動詞意向形＋にも＋動詞可能否定形

　　例　獣害対策では、ワナや猟銃の許可制や動物保護法もあり、捕獲を行おうにも勝手には
　　　　できない。

4. ～といわず～といわず　無論…還是…

　　接　名詞＋といわず＋名詞＋といわず

　　例　町の被害者といわず婦人会といわず地域ぐるみで救済に努めた。

5. ～がてら　…時順便

　　接　名詞
　　　　動詞ます ｝＋がてら

　　例　今では観光がてら見学しに来る者がいる。

 **腕試し**

（　　）に入れるのに最も良いものを、1・2・3・4から一つ選びなさい。

1 少子化問題に対して、何らかの（　　）を講じなければなりません。

　1　経費　　　　　　2　対策　　　　　　3　実態　　　　　　4　過疎

2 厄介な問題を解決するために、最善の方法を（　　）ながらやるしかない。

　1　捕獲し　　　　　2　模索し　　　　　3　運搬し　　　　　4　伐採し

3 クマの出没で、この辺りの畑が（　　）しまいました。

　1　絶えて　　　　　2　増されて　　　　3　努めて　　　　　4　荒らされて

4 あいにく今日は現金もクレジットカードも持っていないので、好きな推理小説の新刊を（　　）。

　1　買えるにも買えない　　　　　　　　2　買えにも買える

　3　買おうにも買えない　　　　　　　　4　買おうにも買える

5 今朝、買い物（　　）銀行にも寄ってきた。

　1　がてら　　　　　2　まい　　　　　　3　一方で　　　　　4　といわず

日付：　　/

9 外来種「三つのない」対策

外来種「三つのない」対策
―地域の生態系のために、私たちにできること―

外来種とは

　外来種とは、もともとその地域にいなかった動植物が人間の活動によって入ってきたものを指します。一方、渡り鳥など人為的でないものは除きます。また、外来種のうち、地域の生態系に影響を与えたり、人の生命・身体、農林水産業などに被害をおよぼすものは法律で特定外来生物に指定されています。市内では、オオキンケイギクをはじめ、カミツキガメ、アライグマ、オオクチバスなどが確認されています。

外来種の問題点

　外来種の侵入によって、長い年月をかけてバランスをとってきた生態系が乱れたり、近縁の在来種との雑種が生まれ、在来種の遺伝的な独自性がなくなったりします。また、人をかむ、刺すなど人への生命・身体への被害、農作物を食べる、畑を荒らすなど農林水産業への被害などもあります。

三つのない対策「入れない・捨てない・拡げない」とは

　地域の生態系を守るため、悪影響をおよぼすおそれのある外来種を「入れない」、飼育・栽培している外来種を「捨てない」、すでに地域にいる外来種をほかの地域に「拡げない」の３つをいいます。

　市内で特定外来生物を目撃した際は、以下の問い合わせ先にご連絡ください。

お問い合わせ

南あさかわ市　生活環境課　環境保全係

電話番号：0756-32-1897

メール：kankyo@city.minamiasakawa.jp

❀ 問題

1　外来種について正しい説明は、次のうち、どれか。

1　外来種とは、人間によってその地域に新たに入ってきた動物のことをいう。

2　外来種とは、人間や自然によってその地域に新たに入ってきた動植物のことをいう。

3　外来種とは、人間によってその地域に新たに入ってきた動植物を指す。

4　外来種とは、人間によってもたらされ、その地域に悪影響を及ぼすものだけを指す。

2　外来種の「三つのない」対策について正しいものはどれか。

1　外来種を入れない、勝手に飼ったり植えたりしない、捨てない。

2　外来種を持ち込まない、自然に放したり植えたりしない、ほかの地域に拡げない。

3　外来種に餌をやらない、捨てない、増やさない。

4　外来種を売ったり買ったりしない、捨てない、ほかの地域に拡げない。

単語

1. がいらいしゅ	【外来種】	名	外來種
2. もともと		副	原來，本來
3. ちいき	【地域】	名	地區，地域
4. わたりどり	【渡り鳥】	名	候鳥
5. およぼす	【及ぼす】	他Ⅰ	帶來，使受到
6. とくてい	【特定】	名・他Ⅲ	特定，特別指定
7. してい	【指定】	名・他Ⅲ	指定
8. オオキンケイギク	【大金鶏菊】	名	大金雞菊
9. カミツキガメ		名	擬鱷龜
10. アライグマ	【洗熊・浣熊】	名	浣熊
11. オオクチバス	【大口バス】	名	大口黑鱸
12. しんにゅう	【侵入】	名・自Ⅲ	入侵；侵略
13. みだれる	【乱れる】	自Ⅱ	擾亂，紊亂
14. ざいらいしゅ	【在来種】	名	原生物種
15. ひろげる	【拡げる】	他Ⅱ	擴大；擴展
16. おそれ	【恐れ】	名	疑慮，擔心
17. いでん	【遺伝】	名	遺傳
18. せいたいけい	【生態系】	名	生態系
19. しいく	【飼育】	名・他Ⅲ	飼養
20. さいばい	【栽培】	名・他Ⅲ	栽培，種植
21. もくげき	【目撃】	名・他Ⅲ	目擊，親眼看到

文型

1. ～はのぞきます【～は除きます】　…除外

　　接　名詞＋は除きます

　　例　渡り鳥など人為的でないものは除きます。

2. ～さい（は）【～際（は）】　…的時候

　　接　名詞＋の
　　　　　　　　　　　　＋際（は）
　　　　動詞普通形

　　例　特定外来生物を目撃した際は、以下の問い合わせ先にご連絡ください。

　豆知識

　Q：哪些生物在日本屬於危害環境、生態的外來種呢？

　A：原產於美國的紅耳泥龜（臺灣俗稱巴西龜）是日本常見的外來種，牠們生命力強且屬於雜
　　　食性，會破壞當地生態系而引發不少問題。目前紅耳泥龜在日本仍可作為寵物飼養，不過
　　　隨意棄養則會觸法。此外，原產於北美洲的浣熊因模樣可愛，早期曾在日本引發飼養潮，
　　　但浣熊個性凶暴又不易飼養，導致許多飼主選擇隨意野放，這些棄養的浣熊會破壞農田，
　　　造成農業損失，因此日本現已立法禁止飼養浣熊。

▶　もっと知りたい

テレビドラマ『東京の雪男』

本劇為探討 SDGs 議題的戀愛喜劇，劇情描述任職於區公所獸害對策課的女主角在處理外來
種生物時，受到神祕生物──雪人的幫助，進而相戀。

🌸 腕試し

（　　）に入れるのに最も良いものを、1・2・3・4から一つ選びなさい。

1 人材情報サイトでは、（　　）の企業に対して履歴書を非公開にすることができる。
1　目撃　　　　　　　2　特定　　　　　　　3　指定　　　　　　　4　遺伝

2 老朽化した住宅は周囲に危険を（　　）いるのではないでしょうか。
1　生まれて　　　　　2　拡げて　　　　　　3　植えて　　　　　　4　及ぼして

3 中尊寺金色堂は 1951 年に、文化財保護法によって国宝に（　　）。
1　指定された　　　　2　侵入された　　　　3　栽培された　　　　4　飼育された

4 富士山を登った時、十分な休憩を取らないと、高山病が発症する（　　）があります。
1　問い合わせ　　　　2　バランス　　　　　3　おそれ　　　　　　4　渡り鳥

5 ご乗車の（　　）、お客様の安全のため、シートベルトのご着用をお願いいたします。
1　どころが　　　　　2　際は　　　　　　　3　せいで　　　　　　4　わりは

第4章 社會與政治

日付：　　/

10 正義中毒

　　「中毒」とは、毒性を持つ物質が許容量を超えて体内に取り込まれることで体の機能が阻害されることである。これは短時間に過剰摂取されることにより急に疾病状態に陥る「急性中毒」と、長期にわたる摂取によって体に異常をきたす「慢性中毒」に分けられる。慢性の場合、依存症を引き起こし、特定の物質や行動（プロセス）を止めたくても止められなくなり、日々の生活や健康、人間関係や仕事などにも悪影響を及ぼしてしまうことがある。例えば、アルコール、たばこ、ギャンブル、覚醒剤や睡眠薬などの薬物、身近なところでは買い物やゲーム、ネット（SNS）なども依存症を引き起こす。

　　依存症は脳の病気である。実は病気になる脳内のメカニズムはどれも共通しており、「報酬系」と呼ばれる神経回路が強化されることによって形成される。つまり、ある物質や行動により脳内でドーパミンという神経伝達物質が分泌され、人は強い満足感、気持ちの良さを感じ、再度同じ行動や経験をしたいと思うのである。例えば、大麻を吸った時にもドーパミンが分泌され報酬系が刺激され快楽を得られるし、良いことをして感謝されるということがあっても、報酬系は刺激を受け、満足感を得るのである。

　　最近、脳科学者の中野信子氏が名付けた「正義中毒」という言葉が話題となっている。これは「自分が絶対に正しい」と思い込み、自分の考えに反対する人や集団のルールを乱す人に対して「許せない」という感情が湧き上がり、過剰に攻撃的な言葉を浴びせるなどの行動を繰り返しとることを表現した言葉である。その行動の捌け口の典型が芸能人のスキャンダルである。正義中毒の人間はここぞとばかりに一斉にSNSなどを使って攻撃する。「正義の制裁」を加えることでドーパミンが放出され快感を覚え、仲間のためにやっているという意識が伴うと更に快楽を感じるのである。そして、それが一段落するとまた次に罰する対象を探し始める。

正義中毒は危機的な状況になるほど起こりやすいという。感染症のパンデミック、格差社会、経済の停滞など社会全体が疲弊するのと同時に、そのような情報や状況に毎日晒される人の脳も多かれ少なかれ疲弊する。そのようなストレスも一因となり、思考や感情などを司る脳の前頭前野の機能が低下し、正しい判断ができないならまだしも自分の行動もうまく制御できなくなる人さえいる。そして、それに加え個人の性格的な問題も絡み、正義中毒が起こるのである。広い意味で正義中毒という現象は今に始まったことではない。しかし、このような流れが大きくなると多様性が狭められたあげく、その社会や組織は衰退への道を進む危険性を生む。正義中毒は現代日本が抱える問題のひずみから生まれた膿のようなものである。

 問題

1　「中毒」に関して、正しくないものはどれか。

1　急激に体に影響を及ぼすものと、長期にわたって徐々に体に異常をきたすものがある。

2　慢性中毒は、依存症を引き起こすことがある。

3　依存症は、止めたいと思えばすぐ止められるものと、止めたいと思っても止められないものがある。

4　依存症には、薬物やアルコールなどの物質依存とギャンブル、ゲームなどのプロセス依存がある。

2　依存症の脳内のメカニズムについて、筆者はどのように述べているか。

1　慢性中毒の場合、特定の物質と行動では違ったメカニズムで依存症が起こる。

2　ドーパミンが放出される特定の物質や行動を頻繁にとることにより、「報酬系」という神経回路が破壊され、依存症になる。

3　ドーパミンが分泌されると人は焦りや不安を感じ、それを抑えるために再度同じ行動や経験をしたいと思う。

4　ドーパミンが分泌されると人は快楽を感じ、再度同じ行動や経験をしたいと思う。

3 そのような情報や状況とはどういうことか。

1 感染症のパンデミック、格差社会、経済の停滞などの問題。

2 日々の生活や健康、人間関係や仕事などのトラブル。

3 アルコール、たばこ、ギャンブル、覚醒剤や睡眠薬などの特定の物質。

4 「正義の制裁」は仲間のためにやっているという意識。

4 この文章で筆者が最も伝えたいことは何か。

1 正義中毒は依存症であるため治療が必要だ。

2 正義中毒は問題だが、それよりも正義中毒を生んだ日本の社会に問題がある。

3 正義中毒の流れが大きくなると、世界が平和になる。

4 正義中毒の人がいなくなれば、日本社会は良くなる。

✿ 単語

1. そがい	【阻害】	名 阻礙，妨礙
2. おちいる	【陥る】	自Ⅰ 陷入；掉進
3. きたす	【来す】	他Ⅰ 引起，招致
4. いそんしょう・いぞんしょう	【依存症】	名 成癮，上癮，中毒
5. プロセス	【process】	名 過程，經過
6. ひび	【日々】	名 每天
7. およぼす	【及ぼす】	他Ⅰ 波及，使受到
8. ギャンブル	【gamble】	名 賭博
9. みぢか（な）	【身近（な）】	名・な形 身邊；切身的
10. ひきおこす	【引き起こす】	他Ⅰ 引發，引起
11. メカニズム	【mechanism】	名 機制；構造
12. ドーパミン	【dopamine】	名 多巴胺
13. なづける	【名付ける】	他Ⅱ 命名
14. おもいこむ	【思い込む】	自Ⅰ 深信，堅信
15. みだす	【乱す】	他Ⅰ 弄亂，擾亂，打亂
16. あびせる	【浴びせる】	他Ⅱ 給予；澆，潑
17. はけぐち	【捌け口】	名 （情感的）發洩
18. スキャンダル	【scandal】	名 醜聞
19. いっせいに	【一斉に】	副 同時
20. ばっする	【罰する】	他Ⅲ 懲罰，處分
21. パンデミック	【pandemic】	名 （傳染病）大流行
22. さらす	【晒す】	他Ⅰ 置身於，暴露；曝曬
23. つかさどる	【司る】	他Ⅰ 掌管
24. せいぎょ	【制御】	名・他Ⅲ 控制，支配
25. からむ	【絡む】	自Ⅰ 牽涉；纏繞
26. うむ	【生む】	他Ⅰ 產生
27. かかえる	【抱える】	他Ⅱ 承擔；抱

文型

1. ～とばかり（に）　幾乎就要…；像…的樣子

   接　文＋とばかり（に）

   例　正義中毒の人間はここぞとばかりに一斉に SNS などを使って攻撃する。

2. ～ならまだしも　如果是…就罷了

   接　名詞
   　　ナ形
   　　イ形普通形　　＋ならまだしも
   　　動詞普通形

   例　脳の前頭前野の機能が低下し、正しい判断ができないならまだしも自分の行動をうまく制御できなくなる人さえいる。

3. ～あげく　結果

   接　名詞＋の
   　　動詞た形　　＋あげく

   例　このような流れが大きくなると多様性が狭められたあげく、その社会や組織は衰退への道を進む危険性を生む。

豆知識

Q：什麼是 SNS？日語裡還有哪些常見的縮寫？

A：SNS 即為社群網站，由英語 Social networking service 的 S、N、S 組合而成的縮寫。日語當中包含許多類似的縮寫，有些來自英、法語等外來語，例如：VIP（重要人物、貴賓）、ATM（自動櫃員機）等，有些則來自和製英語，例如：OL（粉領族）、OB（畢業生、學長）等。

もっと知りたい

テレビドラマ『真犯人フラグ』

本劇描述男主角為了尋找失蹤的家人遭受網路公審，反被指為殺人兇手。

 **腕試し**

　（　　）に入れるのに最も良いものを、1・2・3・4から一つ選びなさい。

1　物事を成功させるには、（　　）の努力が欠かせない。

　1　日々　　　　　　　2　制御　　　　　　　3　阻害　　　　　　　4　捌け口

2　最新の研究によると、この農薬は人間に病気を（　　）可能性があるそうだ。

　1　名付ける　　　　　2　湧き上がる　　　　3　引き起こす　　　　4　思い込む

3　現在、世界の先進国が（　　）問題の一つは高齢社会に突入していることです。

　1　絡む　　　　　　　2　抱える　　　　　　3　晒す　　　　　　　4　司る

4　一度のミス（　　）、何度も同じ間違いを繰り返すのは許せません。

　1　さえ　　　　　　　2　という　　　　　　3　ならまだしも　　　4　により

5　初めて横浜に来て、興奮しすぎていろいろな所を回った（　　）、迷子になってしまった。

　1　あげく　　　　　　2　あけく　　　　　　3　とばかりに　　　　4　ばかりに

日付：　　/

11　夫婦同姓

A　夫婦同姓の歴史的な背景

日本で平民に氏の使用が義務化されたのは1875年のことで、翌年1876年には当時の政府が夫婦別姓を規定したにもかかわらず、社会的には同姓が進んでいった。そのため、1898年に民法で一転して夫婦同姓を定めた。これは、夫婦の氏を直接規定するのではなく、妻は嫁として夫の家に入るという家意識が社会に醸成されたためである。

その後1947年の民法改正にあたって、旧法の夫婦同姓の原則を維持しつつ、男女平等の理念から夫婦どちらかの姓が名乗れるように改定されている。実は、法律で夫婦同姓を義務付けているのは、現在世界では日本だけである。国連では1979年に女子差別撤廃条約が採択されていて、日本の夫婦同姓制度に対して、これまで3回法改正を勧告している。

B　制度の改正は本当に必要か

最高裁が夫婦別姓を認めない民法規定を「合憲」とした判断に怒りを禁じ得ない人々の声が高まっている。では、議論するにあたって、夫婦同姓と夫婦別姓のデメリットはどこにあるのだろう。夫婦同姓の場合、古い家意識への違和感や日本だけなどという女性側への差別意識が中心である。

それに対して、夫婦別姓では、子供の扶養権や相続権問題や税控除など、改正後の権益問題に注目が集まっている。2017年の世論調査では、改正に賛成が42.5％で反対の29.3％を上回っている。しかし、賛成の中には「改正には賛成だが、自分は変えない」が47％で、本当に変更を望んでいる人数は、実際、反対者数より少ない。ともあれ早く欧米のように選択制夫婦別姓になってもらいたいものだ。

問題

1 A では、夫婦同姓の歴史的な意味についてどのように述べているか。

1 1876 年政府が夫婦同姓を規定し、社会的にも同姓が進んでいった。

2 現在、夫婦が同じ姓を名乗ることを法律で義務付けているのは、世界では日本だけである。

3 1898 年に民法で男女平等の理念から夫婦どちらかの姓が名乗れるように改定。

4 2017 年の世論調査で、「改正には賛成だが自分は変えない」は 21.5% である。

2 B では、夫婦同姓のデメリットについて何と説明しているか。

1 夫婦同姓には、子供の扶養権や相続権問題や税控除などに問題がある。

2 欧米のような選択制夫婦別姓の方が世界の流れであり、日本は時代遅れである。

3 最高裁が夫婦別姓を認めない民法規定を「合憲」としたこと。

4 夫婦同姓には、古い家意識への違和感や女性への差別意識が感じられる。

3 夫婦別姓について、A と B の意見が一致しているのはどれか。

1 最高裁が夫婦別姓を認めない民法規定を「合憲」としたので一部の人々が怒っている。

2 世界の状況から見て、日本の夫婦同姓には問題がありそうだ。

3 世論調査では、民法改正に賛成が反対より多いので、賛成派は喜んでいる。

4 日本人も、欧米のように選択制夫婦別姓になってほしいと著者は願っている。

単語

1. うじ	【氏】	名 姓氏
2. きてい	【規定】	名・自Ⅲ 規定
3. いってん	【一転】	名・自Ⅲ 一轉，一變
4. さだめる	【定める】	他Ⅱ 規定；決定
5. じょうせい	【醸成】	名・他Ⅲ 醸成，形成
6. かいせい	【改正】	名・他Ⅲ 修改，修正
7. げんそく	【原則】	名 原則
8. びょうどう	【平等】	名・な形 平等，同等
9. なのる	【名乗る】	自Ⅰ 自稱
10. かいてい	【改定】	名・他Ⅲ 修改，修訂
11. こくれん	【国連】	名 聯合國
12. てっぱい	【撤廃】	名・他Ⅲ 取消，撤銷
13. じょうやく	【条約】	名 條約，公約
14. さいたく	【採択】	名・他Ⅲ 通過；採納
15. かんこく	【勧告】	名・他Ⅲ 勸告
16. さいこうさい	【最高裁】	名 最高法院
17. いかり	【怒り】	名 憤怒，怒火
18. デメリット	【demerit】	名 缺點
19. いわかん	【違和感】	名 奇怪，不協調
20. ふよう	【扶養】	名・他Ⅲ 扶養
21. そうぞく	【相続】	名・他Ⅲ 繼承
22. こうじょ	【控除】	名・他Ⅲ 扣除；抵扣
23. よろん・せろん	【世論】	名 輿論，民意
24. うわまわる	【上回る】	自Ⅱ 超過，超出

文型

1. ～にあたって　在…的時候；…之際

　　接　名詞
　　　　動詞辞書形　｝＋にあたって

　　例　1947 年の民法改正にあたって、男女平等の理念から夫婦どちらかの姓が名乗れるよう
　　　　に改定されている。

2. ～をきんじえない【～を禁じ得ない】　不禁…

　　接　名詞＋を禁じ得ない

　　例　最高裁が夫婦別姓を認めない民法規定を「合憲」とした判断に怒りを禁じ得ない人々
　　　　の声が高まっている。

3. ～たいものだ　真希望…；真想…

　　接　動詞ます＋たいものだ

　　例　早く欧米のように選択制夫婦別姓になってもらいたいものだ。

 **豆知識**

Q：在日本，結婚改姓可能造成哪些不方便？

A：印有姓名的駕照、護照、銀行帳戶、信用卡等需申請更名換新，相當花費時間和心力。婚
　　後姓氏不同，影響學術研究上的成就和過去所建立的個人品牌形象，新舊姓混用也會產生
　　工作及日常生活上的困擾。此外，日後若離婚，再次變更姓氏等同透露自己的婚姻狀況，
　　隱私較不受保障。

▶ **もっと知りたい**

テレビドラマ『逃げるは恥だが役に立つ』

本劇透過男女主角的「契約結婚」，探討日本目前的婚姻制度以及伴侶之間的關係。其特別
篇置入「選擇性夫妻別姓」、「育嬰假」等議題。

腕試し

（　　）に入れるのに最も良いものを、1・2・3・4から一つ選びなさい。

1 日本の明治政府は、諸外国と結んだ不平等条約の（　　）を目指して、様々な交渉を行った。

1　改正　　　　　　2　相続　　　　　　3　世論　　　　　　4　原則

2 国会が法律を（　　）際、憲法に従わなければならない。

1　高まる　　　　　2　上回る　　　　　3　定める　　　　　4　名乗る

3 佐藤「最近、心臓に（　　）を覚えることが多くなって……。」
中村「それなら早く検査したほうがいいよね。」

1　採択　　　　　　2　違和感　　　　　3　デメリット　　　4　怒り

4 彼女はがん（　　）、漫画を描き続けている。その病気と闘う姿に勇気を分け与えられた。

1　に対して　　　　　　　　　　　2　にもかかわらず
3　にあたって　　　　　　　　　　4　を禁じ得ない

5 6歳の子供が5か国語を流暢に話せることには驚き（　　）。

1　にもかかわらず　　　　　　　　2　にあたって
3　を禁じ得ない　　　　　　　　　4　たいものだ

日付：　　／

12　選挙運動

選挙運動でできること・できないこと

選挙運動とは

特定の選挙で、特定の候補者や政党が有権者の投票を得るために行う活動で、ポスター、演説などの選挙運動があります。街頭といった外に限らず、ウェブサイトや SNS を利用した選挙活動もあります。

選挙運動ができる期間

選挙運動は、公（告）示日に立候補の届け出が受理されたときから、投票日の前日まで行うことができます。なお、街頭演説など外での活動に関しては、午前 8 時から午後 8 時までとされています。

禁止されている選挙運動

1.　戸別訪問：選挙に際し、個別に有権者の家を訪問して投票を依頼すること。

2.　署名運動：後援会が会員を募るために署名を求めること。

3.　飲食物の提供：候補者が第三者や選挙スタッフに飲食物を提供すること。但し、お茶やお弁当などは除きます。

4.　人目を引くためのいきすぎた行為：選挙運動のために大人数で歩いたり、サイレンを鳴らすなどの迷惑行為。

5.　有権者が電子メールを利用した選挙運動をすること。例えば、候補者の選挙運動用の電子メールの送信・転送。有権者が電子メールで投票の依頼をすること。

だれでもできる選挙運動

1.　休憩時間などに知人に投票を依頼すること。

2.　電話やウェブサイトや SNS を利用して候補者を応援する。但し、ウェブサイト上の選挙運動用のポスターを印刷し配布、掲示することは有権者、候補者ともに禁止されています。

選挙運動できない人

1.　公務員や未成年、選挙権および被選挙権を停止されている人

2.　投票管理者、開票管理人、選挙長

お問い合わせ

上田市選挙管理委員会

電話：05-2469-8561

時間：月曜日～金曜日の午前 8 時 30 分～午後 5 時（祝日を除く）

 問題

1　会社員の吉川さんは谷村候補を応援している。選挙運動期間中に吉川さんが同僚に対して、行ってもいい選挙運動は、次のうち、どれか。

1　応援している候補者への投票を同僚に電子メールでお願いする。

2　同僚に後援会に入るようにすすめ、入会のサインをお願いする。

3　お昼休みに、応援している候補者への投票を同僚にお願いする。

4　選挙運動期間中に応援している候補者から届いた電子メールを同僚に転送する。

2　1 月 16 日に告示され、1 月 23 日が投票日の市長選に立候補した浜田さんがしてもいい選挙運動は、次のうち、どれか。

1　1 月 16 日から 1 月 22 日まで、選挙用の電子メールを送信する。

2　1 月 17 日から 1 月 23 日まで、選挙用の電子メールを送信する。

3　1 月 16 日から 1 月 23 日まで、ウェブサイト上のポスターを印刷して有権者に配る。

4　1 月 16 日から 1 月 22 日まで、有権者の家に行って投票をお願いする。

単語

1. せんきょ	【選挙】	名 選舉
2. こうほしゃ	【候補者】	名 候選人，參選人
3. せいとう	【政党】	名 政黨
4. ゆうけんしゃ	【有権者】	名 選民，有選舉權的人
5. がいとう	【街頭】	名 街頭
6. エスエヌエス	【SNS】	名 社群媒體，社群網站
7. りっこうほ	【立候補】	名・自Ⅲ 參加競選，提名為候選人
8. とどけで	【届け出】	名 登記；申報
9. じゅり	【受理】	名・他Ⅲ 受理
10. こべつほうもん	【戸別訪問】	名・自Ⅲ 挨家挨戶訪問
11. いらい	【依頼】	名・他Ⅲ 請求；委託
12. つのる	【募る】	他Ⅰ 招募
13. ていきょう	【提供】	名・他Ⅲ 提供；贊助播出
14. ただし	【但し】	接続 但是，可是
15. ひとめ	【人目】	名 世人的眼光；眾目
16. いきすぎる・ゆきすぎる	【行き過ぎる】	自Ⅱ 過度；經過
17. サイレン	【siren】	名 汽笛；警報器
18. ならす	【鳴らす】	他Ⅰ 鳴響，吹響
19. こうい	【行為】	名 行為，行動，舉止
20. ちじん	【知人】	名 認識的人；朋友
21. はいふ	【配布】	名・他Ⅲ 分發
22. けいじ	【掲示】	名・他Ⅲ 公布，布告

文型

1. ～かぎらず【～に限らず】　不限於…；不只…

　　接　名詞＋に限らず

　　例　街頭といった外に限らず、ウェブサイトや SNS を利用した選挙活動もあります。

2. ～にかんして／にかんしまして【～に関して／に関しまして】　關於…

　　接　名詞＋に関して／に関しまして

　　例　街頭演説など外での活動に関しては、午前 8 時から午後 8 時までとされています。

 豆知識

　Q：臺灣和日本的選舉投票有什麼差異呢？

　A：在臺灣，投票時使用選舉專用印章圈選。不過在日本，投票人須在選票上填寫候選人姓名或政黨名稱。使用手寫投票的好處，在於選票大小不受候選人多寡影響，但缺點為增加開票時間，因為手寫姓名可能出現錯字，字跡潦草也會造成辨別困難。由於日本主要採手寫投票，姓名裡有難寫漢字的候選人會選擇以平假名或片假名登記參選，避免選民投票時寫錯姓名。

▶ もっと知りたい

テレビドラマ『民衆の敵〜世の中、おかしくないですか !? 〜』

本劇描述原為家庭主婦的女主角當選市議員後，試圖解決各種社會問題，以及對抗市政的腐敗。

 **腕試し**

（　　）に入れるのに最も良いものを、1・2・3・4から一つ選びなさい。

1 ニュースによると、4つの都市が次の夏季オリンピックの開催地に（　　）いるそうだ。

    1　立候補して　　　　2　鳴らして　　　　3　印刷して　　　　4　転送して

2 今回のマラソン大会は全国から参加者を（　　）。

    1　禁止する　　　　2　提供する　　　　3　募る　　　　4　掲示する

3 日本のゴールデンウィークは、昭和の日やこどもの日といった（　　）から構成される。

    1　活動　　　　2　祝日　　　　3　曜日　　　　4　運動

4 一年生と二年生の方に、大学図書館の利用（　　）のアンケートを行いました。

    1　に加えて　　　　2　に伴って　　　　3　に関して　　　　4　に限らず

5 このバスは金閣寺や下鴨神社などの観光スポットを経由するので、休日（　　）、平日でも結構混んでいる。

    1　にすぎない　　　　2　に限らず　　　　3　に伴って　　　　4　に関して

第 5 章 文學與文化

日付：　　／

13　中島敦『山月記』　（抜粋）

　何故こんな運命になったか判らぬと、先刻は言ったが、しかし、考えように依れば、思い当ることが全然ないでもない。人間であった時、己は努めて人との交わりを避けた。人々は己を倨傲だ、尊大だといった。実は、それが殆ど羞恥心に近いものであることを、人々は知らなかった。勿論、曾ての郷党の鬼才といわれた自分に、自尊心が無かったとは云わない。しかし、それは①臆病な自尊心とでもいうべきものであった。己は詩によって名を成そうと思いながら、進んで師に就いたり、求めて詩友と交わって切磋琢磨に努めたりすることをしなかった。かといって、又、己は俗物の間に伍することも潔しとしなかった。共に、我が臆病な自尊心と、尊大な羞恥心との所為である。己の珠に非ざることを惧れるが故に、敢て刻苦して磨こうともせず、又、己の珠なるべきを半ば信ずるが故に、碌々として瓦に伍することも出来なかった。己は次第に世と離れ、人と遠ざかり、憤悶と慙恚とによって益々己の内なる臆病な自尊心を飼いふとらせる結果になった。人間は誰でも猛獣使いであり、その猛獣に当るのが、各人の性情だという。己の場合、この尊大な羞恥心が猛獣だった。虎だったのだ。これが己を損い、妻子を苦しめ、友人を傷つけ、果ては、己の外形をかくの如く、内心にふさわしいものに変えてしまったのだ。今思えば、全く、己は、己のもっていた僅かばかりの才能を空費してしまった訳だ。人生は何事をも為さぬには余りに長いが、何事かを為すには余りに短いなどと口先ばかりの警句を弄しながら、事実は、才能の不足を暴露するかも知れないとの卑怯な危惧と、刻苦を厭う怠惰とが己のすべてだったのだ。己よりも遥かに乏しい才能でありながら、それを専一に磨いたがために、堂々たる詩家となった者が幾らでもいるのだ。虎と成り果てた今、己は漸く②それに気が付いた。それを思うと、己は今も胸を灼かれるような悔を感じる。己には最早人間としての生活は出来ない。たとえ、今、己が頭の中で、どんな優れた詩を作ったにしたところで、どういう手段で発表できよう。まして、己の頭は日毎に虎に近づいて行く。どうすればいいのだ。己の空費された過去は？己は堪らなくなる。そういう時、己は、向うの山の頂の巖に上り、空谷に向って吼える。この胸を灼く悲しみを誰かに訴えたいのだ。己は昨夕も、彼処月に向って咆えた。誰かにこの苦しみが分って貰えないかと。しかし、獣どもは己の声を聞いて、唯、懼れ、ひれ伏すばかり。山も樹

も月も露も、一匹の虎が怒り狂って、哮っているとしか考えない。天に躍り地に伏して嘆いても、誰一人己の気持を分ってくれる者はない。ちょうど、人間だった頃、己の傷つき易い内心を誰も理解してくれなかったように。己の毛皮の濡れたのは、夜露のためばかりではない。

 問題

1 ①臆病な自尊心とあるが、主人公は何を恐れているか。
1 師に就いたり、詩友と交わって切磋琢磨に努めたりすること。
2 自分が才能不足であることを世間にはっきりと知られること。
3 いつか完全に虎になるおそれがあること。
4 優れた詩を作っても、発表の手段がないこと。

2 「珠」と「瓦」は、それぞれ何を例えるか。
1 師と凡人
2 鬼才と郷党
3 師と郷党
4 鬼才と凡人

3 ②それに気が付いたとあるが、「それ」は何を指しているか。
1 詩家として名をなせるかどうかは才能次第だ。
2 詩家として名をなすには、努力のほかに才能も必要だ。
3 才能不足でも、努力すれば詩家として名をなせる。
4 努力不足でも、才能があれば詩家として名をなせる。

4 この文の内容と合っているものはどれか。
1 主人公は虎になったから、努めて人との交わりを避けた。
2 主人公は自分の性情をうまくコントロールできないから、虎になった。
3 主人公は俗物の間に伍するのをしたくないから、師と友と交わらなかった。
4 主人公は山に登って月に向かって吠えたのは、獣たちにひれ伏してほしいから。

単語

1. おもいあたる	【思い当（た）る】	自Ⅰ	想到，想起
2. つとめる	【努める】	他Ⅱ	努力，盡力
3. じそんしん	【自尊心】	名	自尊心
4. おくびょう（な）	【臆病（な）】	名・な形	懦弱，膽小
5. まじわる	【交わる】	自Ⅰ	來往，交際
6. ごする	【伍する】	自Ⅲ	與…為伍
7. いさぎよしとしない	【潔しとしない】	慣	不屑，不願
8. あえて	【敢えて】	副	未必不…
9. ろくろく（な）	【碌々（な）】	な形・副	庸庸碌碌，平凡無奇
10. とおざかる	【遠ざかる】	自Ⅰ	疏遠；遠離
11. くるしめる	【苦しめる】	他Ⅱ	使痛苦；使煩惱
12. はては	【果ては】	副	最後，終於
13. かくのごとく	【かくの如く】	慣	像這樣
14. ふさわしい	【相応しい】	い形	相符的，適合的
15. くうひ	【空費】	名・他Ⅲ	浪費，白費
16. くちさき	【口先】	名	口頭上；嘴邊
17. ろうする	【弄する】	他Ⅲ	賣弄，玩弄
18. ばくろ	【暴露】	名・自他Ⅲ	暴露，揭露
19. ひきょう（な）	【卑怯（な）】	名・な形	怯懦
20. きぐ	【危惧】	名・他Ⅲ	擔心，畏懼
21. いとう	【厭う】	他Ⅰ	討厭；吝惜
22. たいだ（な）	【怠惰（な）】	名・な形	怠惰
23. はるか（な）	【遥か（な）】	な形・副	（時間、距離、程度）遙遠
24. とぼしい	【乏しい】	い形	缺乏的，不足的
25. どうどう（と）	【堂々（と）】	副	堂堂正正；威風凜凜
26. なげく	【嘆く】	自他Ⅰ	悲嘆；感嘆

🌸 文型

1. ～とでもいうべき　可以說是…

　接　名詞＋とでもいうべき

　例　それは臆病な自尊心とでもいうべきものであった。

2. ～（が）ゆえに【～（が）故に】　因為…

　接　名詞
　　　ナ形
　　　イ形普通形　　｝＋（が）故に
　　　動詞普通形

　例　己の珠なるべきを半ば信ずるが故に、碌々として瓦に伍することも出来なかった。

3. ～にしたところで　即使…也

　接　名詞（＋である）
　　　ナ形（＋である）
　　　イ形普通形　　　｝＋にしたところで
　　　動詞普通形

　例　今、己が頭の中で、どんな優れた詩を作ったにしたところで、どういう手段で発表できよう。

🦉 豆知識

Q：中島敦因父親調職的關係，在韓國度過童年時光。還有哪些日本知名文豪曾有待在國外的經驗呢？

A：佐藤春夫曾來過臺灣旅行，停留三個多月，並留下《女誡扇綺譚》等多篇與臺灣相關的創作。森鷗外曾赴德國留學，並將自己與一名當地女子的戀愛故事寫成小說《舞姬》。

▶ もっと知りたい

テレビアニメ『文豪ストレイドッグス』

本動畫的登場角色以中島敦、太宰治等知名文豪為原型，並使用異能力展開戰鬥。

 **腕試し**

（　　）に入れるのに最も良いものを、1・2・3・4から一つ選びなさい。

1 我が国は石油や鉱物といった天然資源に（　　）ため、輸入に頼らなければならない。

    1　ふさわしい　　　　2　臆病な　　　　　　3　乏しい　　　　　　4　卑怯な

2 汚職事件で起訴された国会議員は飲酒運転や不倫などの悪事が次々に（　　）、国民から激しい罵声を浴びた。

    1　嘆き　　　　　　2　暴露し　　　　　　3　努め　　　　　　4　遠ざかり

3 こんな結論の出ない会議を何回もやっても、時間の（　　）にすぎない。

    1　空費　　　　　　2　運命　　　　　　3　怠惰　　　　　　4　危惧

4 僕は気が弱い（　　）、嫌なことを頼まれても、はっきりと断れない。

    1　べき　　　　　　2　いうべき　　　　　3　故に　　　　　　4　故な

5 日本人（　　）、ときに日本語を間違ったこともある。

    1　にすることで　　　　　　　　　　2　にするところで
    3　にしたことで　　　　　　　　　　4　にしたところで

日付：　　/

「上京」の意味

A 「上京」に関する歴史

　　「上京」とは、本来「都に行く」という意味である。江戸時代以前、京都は天皇や将軍家がいる国の中心地であり、歴史の上では、大体都といえば京都であった。このため「京の都へ上る」ことを昔から「上京」とか「上洛」と言ってきた。それが、江戸時代に入り、将軍家と政治の中心が今の東京に移り、天皇家と将軍家が異なる場所に在居するようになり、「東京へ行く」ことを「上府」と読んで区別せざるを得なかった。ところが、明治時代に天皇が東京に転居したかと思うと、今度は「東京へ行く」に「上京」が使われはじめた。現在、辞書の『大辞林』には「上京」のことが「都に上ること。今は東京に行くこと」と解説されている。どうも「上京」は日本語特有の表現らしい。

B 「上京」の用法の変化

　　「上京」という言葉は、時代と共に本来の意味が薄れてきている。15、16世紀ごろの戦国時代は、移動の意味とともに、京都での地位の確立や実権の掌握や京都を制圧し天下をとる意味でも使われていた。単に京都に移動する意味だけではなく、この言葉には人々の権力欲や生活目標も盛り込められていたようだ。それが、現在になると、「都へのぼること、今は東京へ行くこと」と変化している。これは、移動での用法が減り、個人的な人生の目標に対する思いを中心に用法が変化したためだ。その証拠に東京近隣の県や都市から東京23区に向かうのを「上京」とは言わない。これは平和な社会に加えて、交通機関の発達で距離感が変化したためとも言えるだろう。

🌸 問題

1　Aでは、「上京」という言葉の歴史についてどのように述べているか。

　1　もともと「都に行く」の意味で、奈良、京都、東京に対して使われていた。

　2　「京の都へ上る」ことを昔から「上京」とか「上洛」と言ってきた。

　3　首都である「東京へ行く」ことを「上京」と言っていた。

　4　「上京」とは、もともと「上府」という意味だった。

2　Bでは、最近の「上京」の意味について何と言っているか。

　1　移動の用法が増え、個人的な人生の目標に対する思いの用法が減少した。

　2　東京近隣の県や都市から東京 23 区に向かうのを「上京」と言う。

　3　交通機関の発達で距離感が変化したため、最近は使わなくなった。

　4　「都へのぼること、今は東京へ行くこと」の二つの意味に変化している。

3　「上京」について、AとBで共通して述べられていることは何か。

　1　「上京」の意味は、以前から京都へ行くと言う意味で使われている。

　2　「上京」の意味は、今も人々の夢を実現したいと言う意味が強い。

　3　「上京」の意味には、昔から人々の平和な社会への憧れがある。

　4　「上京」の意味は、時代の変化とともに変わってきた。

単語

1. じょうきょう	【上京】	名・自Ⅲ 到東京；前往首都
2. ほんらい	【本来】	名・副 本來，原來；應當
3. みやこ	【都】	名 首都
4. てんのう	【天皇】	名 （日本）天皇
5. じょうらく	【上洛】	名・自Ⅲ 到京都
6. ところが		接続 不過，然而
7. てんきょ	【転居】	名・自Ⅲ 搬家，遷居
8. かいせつ	【解説】	名・他Ⅲ 解說
9. とくゆう（な）	【特有（な）】	名・な形 特有的，獨有的
10. うすれる	【薄れる】	自Ⅱ 漸薄；漸弱；模糊
11. ちい	【地位】	名 地位
12. かくりつ	【確立】	名・他Ⅲ 確立，確定
13. じっけん	【実権】	名 實權
14. しょうあく	【掌握】	名・他Ⅲ 掌握
15. せいあつ	【制圧】	名・他Ⅲ 壓制，控制
16. たんに	【単に】	副 僅，只
17. けんりょく	【権力】	名 權力
18. よく	【欲】	名 慾望
19. もりこむ	【盛り込む】	他Ⅰ 加進
20. しょうこ	【証拠】	名 證據，證明
21. きんりん	【近隣】	名 鄰近
22. こうつうきかん	【交通機関】	名 交通工具

文型

1. ～のうえでは【～の上では】　從…上來看

接　名詞＋の上では

例　歴史の上では、大体都といえば京都であった。

2. ～ざるをえない【～ざるを得ない】　不得不…

接　動詞ない＋ざるを得ない

例　天皇家と将軍家が異なる場所に在居するようになり、「東京へ行く」ことを「上府」と読んで区別せざるを得なかった。

3. ～かとおもうと【～かと思うと】　才剛…就…

接　動詞た形＋かと思うと

例　明治時代に天皇が東京に転居したかと思うと、今度は「東京へ行く」に「上京」が使われはじめた。

4. ～とともに【～と共に】　隨著…

接　名詞
　　動詞辞書形　｝＋と共に

例　「上京」という言葉は、時代と共に本来の意味が薄れてきている。

5. ～をちゅうしんに【～を中心に】　以…為中心

接　名詞＋を中心に

例　これは、移動での用法が減り、個人的な人生の目標に対する思いを中心に用法が変化したためだ。

6. ～にくわえて【～に加えて】　除了…再加上…

接　名詞＋に加えて

例　これは平和な社会に加えて、交通機関の発達で距離感が変化したためとも言えるだろう。

▶ もっと知りたい

ウェブドラマ『東京女子図鑑』

本劇描述出身日本秋田縣的女主角遠赴東京打拚，劇情探討社會階級、性別刻板印象等議題。

 **腕試し**

（　　）に入れるのに最も良いものを、1・2・3・4から一つ選びなさい。

1 有給休暇をとったが、急に仕事が入ってきたので会社に（　　）。

1　行きざるを得なかった　　　　　　　2　行ったかと思うと

3　行かざるを得なかった　　　　　　　4　行くかと思うと

2 この漫画は中高生（　　）愛読されている。

1　を中心に　　　　2　とともに　　　　3　に加えて　　　　4　の上では

3 彼女は夫の浮気の（　　）を掴んで、離婚しようと決心した。

1　実権　　　　　　2　地位　　　　　　3　権力　　　　　　4　証拠

4 エゾリスは北海道（　　）動物で、大きな公園でよく見られる。

1　薄れる　　　　　2　特有の　　　　　3　単に　　　　　　4　ところが

5 湯川秀樹は物理学の発展の歴史（　　）、重要な人物とされています。

1　に加えて　　　　2　の上では　　　　3　とともに　　　　4　を中心に

15　白無垢とウェディングドレス

花嫁衣裳レンタル

純白のウェディングドレスです。白には清楚、悪を払う意味があります。肩にかかるかわいい雰囲気のレースや、裾に向かって美しく広がるデザインがポイントのドレスです。

● 価格：120,000 円

● セット内容：ドレスとアクセサリー

● ヘアメイクと着付け：50,000 円

● お渡し方法：ご来店でのお渡しと、式場への郵送がございます。郵送の場合、送料 5,000 円を別途いただきます。

● ご利用日数：3 泊 4 日。お届け日が第 1 日目となります。

白無垢は、落ち着いた品のある雰囲気が人気の日本ならではの伝統的な花嫁衣裳です。神聖な色である白は、純潔を表し、邪気を払う意味もあります。

● 価格：150,000 円

● セット内容：白無垢一式

● ヘアメイクと着付け：80,000 円

● お渡し方法：ご来店でのお渡しと、式場への郵送がございます。郵送の場合、送料 5,000 円を別途いただきます。

● ご利用日数：3 泊 4 日。お届け日が第 1 日目となります。

当店のおすすめ！和洋装幸せプラン（洋装 2 点＋ 1 点和装）

● 価格：380,000 円のところ、3 割引きで！

● セット内容：洋装 2 点（ウェディングドレスとカラードレス）、和装 1 点。ヘアメイクと着付け。

● お渡し方法とご利用日数は上記と同様。

● 備考：洋装、和装ともにアクセサリーの料金は含まれておりません。

アクセサリー：和装・洋装各 25,000 円。

ご利用の流れ

ご利用日数	1 日目	2 日目・3 日目	4 日目
	お届け	ご利用日	ご返却

1. ご返却は当日式場で、または、翌日までにご返送ください。

2. ご返却に際しまして、クリーニングの必要はございません。

3. ご利用のお支払いはご契約後の 5 日以内に銀行振込または、クレジットカードでお願いしております。

衣装についてのご予約、ご相談は、お気軽に以下からどうぞ。

ご予約はこちら　　　　　　お問い合わせはこちら

問題

1　白石さんは和洋装幸せプランを利用するつもりである。ヘアメイクと着付けもお願いして、アクセサリーも借りることにした。衣装をお店で受け取って当日式場で返す場合、全部でいくらかかるか。

1　266,000 円

2　316,000 円

3　380,000 円

4　430,000 円

2　花嫁衣裳の正しい借り方と返し方は、次のうち、どれか。

1　契約後 5 日以内に料金を振り込み、洗濯して結婚式の翌日に郵送する。

2　契約後 1 週間以内に料金を振り込み、結婚式当日、式場に返す。

3　レンタル会社に契約の 3 日後に料金を現金で払い、結婚式当日に、郵便で返却する。

4　契約の翌日に料金を振り込み、結婚式の翌日に郵送する。

単語

1. しろむく	【白無垢】	名 純白色的和服
2. はなよめ	【花嫁】	名 新娘
3. いしょう	【衣裳・衣装】	名 服裝
4. レンタル	【rental】	名 租借
5. あく	【悪】	名 邪惡，壞
6. レース	【lace】	名 蕾絲
7. すそ	【裾】	名 裙襬，下襬
8. デザイン	【design】	名・他Ⅲ 設計
9. ポイント	【point】	名 要點
10. きつけ	【着付け】	名 著裝
11. しきじょう	【式場】	名 會場，禮堂
12. ゆうそう	【郵送】	名・他Ⅲ 郵寄
13. べっと	【別途】	名・副 另外，其他
14. おちつく	【落ち着く】	自Ⅰ 樸素優雅
15. いっしき	【一式】	名 一套，整套
16. プラン	【plan】	名 方案；計畫
17. びこう	【備考】	名 備註，備考
18. へんきゃく	【返却】	名・他Ⅲ 歸還
19. クリーニング	【cleaning】	名 乾洗；洗衣服
20. きがる（な）	【気軽（な）】	な形 隨意；輕鬆

文型

1. 〜ならでは／ならではの　唯有…才有的

　　接　名詞＋ならでは／ならではの

　　例　白無垢は、日本ならではの伝統的な花嫁衣裳です。

2. 〜さいしまして／にさいして【〜に際しまして／に際して】　…時

　　接　名詞 ┐
　　　　動詞辞書形 ┘ ＋に際しまして／に際して

　　例　ご返却に際しまして、クリーニングの必要はございません。

 **腕試し**

　　（　　）に入れるのに最も良いものを、1・2・3・4から一つ選びなさい。

1 台北には YouBike という便利な自転車（　　）サービスがある。
　　1　プラン　　　　　　2　デザイン　　　　　3　レンタル　　　　4　クリーニング

2 集中力を保ちたいなら、適度の休憩も大事な（　　）だ。
　　1　別途　　　　　　　2　雰囲気　　　　　　3　着付け　　　　　4　ポイント

3 もしご不明な点がございましたら、いつでも（　　）ご連絡してください。
　　1　お気軽も　　　　　2　お気軽な　　　　　3　お気軽に　　　　4　お気軽で

4 京都にはほかの都市と違って、京都（　　）の魅力がある。
　　1　に加えて　　　　　2　から見ると　　　　3　ならでは　　　　4　を中心に

5 この度は、私たちの結婚（　　）、お祝いをいただきありがとうございました。
　　1　を踏まえて　　　　2　をもとにして　　　3　にわたって　　　4　に際しまして

第 6 章 商業與經濟

日付：　　/

 16　巣ごもり消費

　俳句には、五・七・五の十七音で作るということと、句の中に季語を一つ入れるというルールがあります。「巣ごもり」もその一つですが、これは春を表します。鳥が巣を作り、卵を産んで孵化するまで巣にこもることを「巣ごもり」と言いますが、春は産卵して雛鳥が巣立つまでの繁殖期だからです。

　2008年のリーマン・ショックでは、景気が低迷し消費者の節約志向が強まり、レジャーや買い物などには行かず自宅で楽しむための消費が増えました。狭い家の中でネットショッピングやゲームをしたり、テレビを見たりして過ごす様子を鳥の巣ごもりに喩え、そのためにお金を使うことを「巣ごもり消費」と呼ぶようになりました。しかし、新型コロナウイルスが蔓延する昨今、節約のためというよりは、感染防止のため外出を控え、自宅での生活を余儀なくされることを「巣ごもり」と言うようになりました。そのため、現在の消費行動もまた、「巣ごもり消費」です。

　リーマン・ショックでは金融機関が大打撃を受けたので、あらゆる産業にダメージを与え世界中が不景気になりました。確かに当時は世界中が大騒ぎになっていましたが、大騒ぎするほどそれが個人に影響している感覚はあまりなかったような気がします。しかし、今回の新型コロナは全体的ではなく部分的にダメージを与え、それが私たちの生活に密接に関わっているが故に不景気を感じやすいのです。例えば、外食できないので飲食業が不況に喘ぎ、旅行に行けないので観光業や空運業の業績が急落、外出しショッピングを楽しむことができないのでほとんどのデパートは赤字に転落しています。ですが、それとは逆に、外食できないので宅配サービスを使い、旅行に行けないので家での時間を楽しむためパソコンで動画を見たりゲームをしたりし、ショッピングに出かけられないのでEC通販を利用するようになりました。このように主にサービス業が打撃を受けたのにひきかえ、家電・通信・IT・ゲーム・物流・衛生に関連する製造業や販売業がコロナ禍でも業績を伸ばしています。このような現象を「消費のスライド」と言います。

　このように消費のスライドによって業績が悪化する業界と伸びている業界、という具合で明暗がはっきり分かれました。「強い者、賢い者が生き残るのではない、変化できる者が生き残るのだ」。これは『進化論』の中の言葉です。ウィズコロナ、ポストコロナでは、変化すること、つまり苦境に立たされている各企業は自らの強みを活かしながら現状に合わせどう転業するか、が生き残るための鍵となるでしょう。鳥の巣ごもりは２、３週間で終わり、夏には雛鳥たちも巣立ちます。一体人間の夏はいつ来るのでしょうか。

 問題

1 リーマン・ショック時の巣ごもりと現在の巣ごもりの違いは何か。

1 リーマン・ショック時は狭い家を対象にこの言葉を使ったが今は広い家も含まれること。

2 リーマン・ショック時は EC 通販はなかったが、現在は EC 通販があること。

3 現在は節約のため、外出して楽しむ時間が少なくなったこと。

4 現在はコロナ感染防止のために外出したくてもできない時間も含まれること。

2 「消費のスライド」の例について、正しくないものはどれか。

1 閉店するレストランがある一方、宅配サービスが充実してきた。

2 旅行会社や旅館の収益が減る一方、家での時間を楽しむため動画配信サービスやゲーム開発などが盛んになった。

3 家電などの製造業は業績が悪くなる一方、ネット通販など販売業は伸びた。

4 デパートの経営が悪化する一方、ネットショップで商品を買う人が増えた。

3 <u>人間の夏</u>とはどういう意味か。

　1　コロナが収束し、コロナ以前の元の生活に戻ること。

　2　コロナと共に生きていくこと。

　3　コロナに合わせ人類が進化するということ。

　4　人の知恵と行動によってコロナを撲滅すること。

4 このコロナ時代を各業界はどうすれば生き残れると筆者は言っているか。

　1　現在の事業をしっかりと守り、社員も含め会社全体で苦境に耐えた。

　2　現在の事業を見直し、自社の特長を活かした今までにない新たな事業を開拓していく。

　3　優秀な人材を採用したり、外部から専門家を招き入れたりする。

　4　リストラや経費削減を行い支出を減らすとともに、十分な資金を調達する。

🌸 単語

1. すごもり	【巣ごもり】	名 窩居，宅在家不出門
2. はいく	【俳句】	名 俳句（由五、七、五共十七音節 　組合而成的詩歌）
3. きご	【季語】	名 季節語（俳句中表示季節的語詞）
4. こもる	【籠る】	自Ⅰ 不出門；固守
5. すだつ	【巣立つ】	自Ⅰ 離巢；畢業
6. しこう	【志向】	名・他Ⅲ 志向；立志
7. つよまる	【強まる】	自Ⅰ 變強；增強
8. レジャー	【leisure】	名 娛樂；空閒，閒暇
9. たとえる	【喩える】	他Ⅱ 比喻
10. コロナウイルス	【Coronavirus】	名 冠狀病毒
11. さっこん	【昨今】	名 近來，最近
12. ひかえる	【控える】	他自Ⅱ 控制；面臨；等候
13. あらゆる		連体 所有，一切
14. ふけいき（な）	【不景気（な）】	名・な形 不景氣，蕭條
15. ダメージ	【damage】	名 損害，破壞
16. みっせつ	【密接】	名・な形 密切，緊緊相關
17. かかわる	【関わる】	自Ⅰ 關係到，涉及，牽連
18. ふきょう	【不況】	名 不景氣，蕭條
19. あえぐ	【喘ぐ】	自Ⅰ 苦於（某事物），掙扎
20. ぎょうせき	【業績】	名 業績；成就；成績
21. あかじ	【赤字】	名 虧損，入不敷出，赤字
22. てんらく	【転落】	自Ⅲ 淪落；掉落
23. イーシーつうはん	【EC 通販】	名 電商網購
24. スライド	【slide】	名 浮動；滑動
25. めいあんがわかれる	【明暗が分かれる】	慣 截然不同，產生差距
26. いかす	【活かす】	他Ⅰ 活用

文型

1. ～をよぎなくされる【～を余儀なくされる】　不得不…

   接　名詞＋を余儀なくされる

   例　感染防止のため外出を控え、自宅での生活を余儀なくされることを「巣ごもり」と言うようになった。

2. ～にひきかえ　與…相比較

   接　名詞＋ひきかえ

   ナ形な ⎫
   イ形い ⎬ ＋の＋ひきかえ
   動詞普通形 ⎭

   例　サービス業が打撃を受けたのにひきかえ、家電・通信・IT に関連する製造業がコロナ禍でも業績を伸ばしています。

 豆知識

   Q：御宅族和宅經濟都有「宅」一字，兩者有什麼關聯嗎？

   A：御宅族是日文「オタク」的中文稱呼，指動漫畫、模型、電玩、偶像、鐵路等興趣的愛好者。宅經濟在中文裡則有兩種意思，第一種是指「透過網路在家進行消費活動」，日文稱為「巣ごもり消費」，另一種是指「御宅族文化所產生的消費活動」，因此有時會產生誤會。

 **腕試し**

（　　）に入れるのに最も良いものを、1・2・3・4から一つ選びなさい。

1 火勢が衰えなさそうだので、住民たちはますます不安が（　　）いく。
　　1　強まって　　　　2　楽しんで　　　　3　巣立って　　　　4　生き残って

2 お酒とタバコを（　　）と体に害を与えるとよく言われています。
　　1　喩えない　　　　2　控えない　　　　3　喘がない　　　　4　過ごさない

3 現在の台湾では、男女を問わず健康（　　）が高まっている。
　　1　赤字　　　　　　2　密接　　　　　　3　不況　　　　　　4　志向

4 報道によると、原発事故により約16万人が避難（　　）そうだ。
　　1　を感じやすい　　　　　　　　　2　に関わっている
　　3　ようになった　　　　　　　　　4　を余儀なくされた

5 この会社は労働時間が長いの（　　）、給料がいい。
　　1　がゆえに　　　　2　にひきかえ　　　　3　もとに　　　　4　にもまして

日付：　 /

17 クールビズ・ウォームビズ

A 「クールビズ・ウォームビズ」とは何か

　　「クールビズ」という言葉が使われはじめて久しい。「クールビズ」とは、英語の「Cool」と「Business」の短縮形「Biz」の造語である。夏の間、職場においてネクタイや上着を着用せず、冷房を28℃前後に設定することで、地球温暖化防止や二酸化炭素削減に貢献しようという省エネ運動のことである。また冬の間も過度に暖房に頼ることなく室温を20℃前後に保つことで、同様の効果を狙った「ウォームビズ」もそうである。夏と冬をとおして行われるこの省エネ運動は、いうまでもなく職場に限ったことではない。環境省は、働く環境だけにとどまらず、家庭に対しても、省エネ家電の使用を呼びかけ、衣食住や移動など、何かにつけ新たなライフスタイルへの改善を促している。

B 廃止までの経緯と現在の動向

　　環境省は、2005年に地球温暖化と炭素削減対策の一つとして「クールビズ」と「ウォームビズ」を提唱した。2050年の「ゼロ炭素社会」は、政府だけが努力したところで実現に至らないからだ。実施期間は全国一律で、「クールビズ」を5月1日から9月30日まで、「ウォームビズ」を11月1日から3月31日までとした。しかし、最近は、新型コロナ感染防止策の影響で在宅勤務が増加、また温暖化による異常気象により、地域の生活環境が大きく変化してきた。そこで、2021年から全国一律の実施期間制を廃止した。廃止した上は、個人の判断が重要になる。環境省は、今後も地域や個人の状況に応じた柔軟で多様な生活様式を推奨しつつ、省エネの活動自体は継続するようだ。

問題

1　Aでは、省エネ運動についてどのように述べているか。

　1　環境省が推奨する新たなライフスタイルの方法を紹介する運動。

　2　家庭に対してだけ、省エネ家電の使用を呼びかけ、衣食住や移動などにおいて注意を
　　　促す運動。

　3　地球温暖化の防止や二酸化炭素の削減に貢献するために行われている運動。

　4　夏は冷房を20℃、冬は暖房を28℃にして、国民全員で省エネする運動。

2　Bでは、活動を廃止した理由について何と言っているか。

　1　国民が全国一斉の実施を守らないために、継続実施しても意味がないから。

　2　新型コロナ感染や異常気象で、地域の生活環境が変化してきたから。

　3　10年以上省エネ行動をやってきて、それなりに効果があり状況が改善したから。

　4　環境省が、2050年の「ゼロ炭素社会」に間に合わないと考えたから。

3　AとBは、省エネ運動のために、何が大切だと述べているか。

　1　地域や個人の状況に応じた多様で柔軟な生活様式を取り入れること。

　2　新型コロナの影響で、環境が変わっても全国一律の規制を継続すること。

　3　職場でも家庭でも省エネ家電を使用し、生活様式を改善させること。

　4　衣食住や移動など何かにつけ、個人が省エネを心がけること。

単語

1. ひさしい	【久しい】	い形	許久，好久
2. たんしゅく	【短縮】	名・他Ⅲ	縮短，縮減
3. ぞうご	【造語】	名・自Ⅲ	新造詞
4. ちゃくよう	【着用】	名・他Ⅲ	穿；繫；戴
5. にさんかたんそ	【二酸化炭素】	名	二氧化碳
6. かど（に）	【過度（に）】	名・副	過度
7. たもつ	【保つ】	他Ⅰ	維持，保持
8. ねらう	【狙う】	他Ⅰ	尋找…機會；瞄準
9. いしょくじゅう	【衣食住】	名	食衣住
10. いきさつ	【経緯】	名	事情的經過
11. どうこう	【動向】	名	動向，趨勢
12. たんそ	【炭素】	名	碳
13. いたる	【至る】	自Ⅰ	到達；至
14. いちりつ（な）	【一律（な）】	名・な形	一律，一樣
15. ざいたくきんむ	【在宅勤務】	名	居家工作
16. いじょうきしょう	【異常気象】	名	異常氣候
17. おうじる	【応じる】	自Ⅱ	根據，按照
18. じゅうなん（な）	【柔軟（な）】	名・な形	靈活；柔軟
19. たよう	【多様（な）】	名・な形	多樣化；各式各樣的
20. ようしき	【様式】	名	方式；風格；格式
21. すいしょう	【推奨】	名・他Ⅲ	推薦
22. じたい	【自体】	名	本身；自己
23. けいぞく	【継続】	自他Ⅲ	繼續

文型

1. 〜までもなく　用不著…

    接　動詞辞書形＋までもなく

    例　この省エネ運動は、いうまでもなく職場に限ったことではない。

2. 〜にとどまらず　不僅限於…

    接　名詞
    　　動詞普通形　｝＋にとどまらず

    例　環境省は、働く環境だけにとどまらず、家庭に対しても、新たなライフスタイルへの改善を呼びかけている。

3. 〜につけ　無論遇到…都…

    接　名詞＋につけ

    例　環境省は、省エネ運動の使用や衣食住や移動など、何かにつけ新たなライフスタイルへの改善を呼びかけている。

4. 〜たところで〜ない　即使…也不…

    接　動詞た形＋ところで＋動詞否定形

    例　2050年の「ゼロ炭素社会」は、政府だけが努力したところで実現は及ばないからだ。

5. 〜うえは【〜上は】　既然…就…

    接　動詞普通形＋上は

    例　廃止した上は、個人の判断が重要になる。

6. 〜つつ　一邊…一邊…；…的同時

    接　動詞ます＋つつ

    例　環境省は、今後も柔軟で多様な生活様式を推奨しつつ、省エネの活動自体は継続するようだ。

 **豆知識**

Q：在日本，求職面試時主要穿什麼服裝？

A：在公司沒有指定服裝的情況下，出席面試基本上為穿著西裝、套裝。西裝、套裝以黑或深藍等深色系為佳，搭配白襯衫。男性的襪子也以深色系為佳，並留意長度不能太短，避免坐下時露出腳踝。領帶也不宜太花俏、鮮豔。女性則要適度化妝，並著絲襪。

 **腕試し**

（　　）に入れるのに最も良いものを、1・2・3・4から一つ選びなさい。

1　この会社では男女を問わず、職員は全員ネクタイを（　　）することになっています。
1　設定　　　　　2　着用　　　　　3　貢献　　　　　4　削減

2　健康を（　　）ために、適度な運動や十分な睡眠をとったほうがいい。
1　応じる　　　　2　及ぶ　　　　　3　保つ　　　　　4　廃除する

3　厚生労働省は国民に対して、定期的に健康診断を受けることを（　　）いる。
1　推奨して　　　2　推奨されて　　　3　実施して　　　4　実施されて

4　宝石窃盗事件は市内（　　）、他県からも報告されている。
1　にもかかわらず　　　　　　　　2　に応じて
3　にとどまらず　　　　　　　　　4　に伴って

5　スマホの地図を見（　　）、道を歩いていった。
1　つつ　　　　　2　てでも　　　　3　ながらも　　　4　ようで

日付：　　/

18 商品のお問い合わせメール

お問い合わせのメール

件名：商品の不具合のご連絡　　　　　　　　　　　　　　　　　　─ ⌞⌝ ✕

株式会社　スカイプロダクツ

販売部　岡本薫様

お世話になっております。

株式会社オノダ産業、総務部の松本です。

さて、6月5日付けでお納めいただきました製品に

欠陥が見つかりましたので、ご報告いたします。

今回注文いたしました消毒液スタンド20台のうち5台に

塗装の剝がれの欠陥が見つかりました。

つきましては、不良品の返品と良品への交換をお願いいたします。

取り急ぎ、ご連絡まで。

＊＊＊＊＊＊＊＊＊＊＊＊＊＊＊＊＊＊＊＊＊＊＊＊＊＊＊

株式会社オノダ産業

総務部　松本しのぶ

TEL：045-011-4798

MAIL：matsumoto@onoda.com

Ａ 📎 ☺ 🖼　　　　　　　　（ 送信 ）（ 下書きとして保存 ）（ キャンセル ）

返信

件名：不良品送付のお詫びと商品送付の件	＿ ⌞⌝ ✕

株式会社オノダ産業

総務部　松本しのぶ様

いつも大変お世話になっております。

この度は、6 月 5 日付けの納品物に

不良品が含まれていましたこと、深くお詫び申し上げます。

至急、良品を明日お届けできますよう手配いたします。

ご返品に関しましては、お手数ですが、着払いにてご返送くださいますよう

お願い申し上げます。

今後二度とこのようなことがないよう、品質管理を徹底すべく努力いたします。

多大なるご迷惑をおかけし、大変申し訳ございませんでした。

取り急ぎ、不良品のお詫びと商品送付のご報告を申し上げます。

＊＊＊＊＊＊＊＊＊＊＊＊＊＊＊＊＊＊＊＊＊＊＊＊＊＊

株式会社　スカイプロダクツ

販売部　岡本薫

TEL：03-2255-0001

MAIL：okamotokaoru@sky_products.com

Ａ 📎 ☺ 🖼　　　　　　(送信)　(下書きとして保存)　(キャンセル)

問題

1 松本さんが書いたメールの目的としてもっとも適切なものは、次のうち、どれか。

1 不良品返送の連絡

2 不良品の返品と交換のお願い

3 品質管理の改善のお願い

4 商品が届いたことの連絡

2 岡本さんはメールでどうすると言っているか。もっとも適切なものは、次のうち、どれか。

1 明日、新しい商品を直接手渡す。

2 新しい商品を明日までに届ける。

3 品質管理を改善する。

4 明日、不良品を直接回収に行く。

単語

1. ふぐあい	【不具合】	名 瑕疵，缺陷；故障
2. かぶしきがいしゃ	【株式会社】	名 股份有限公司
3. ～づけ	【～付け】	接尾 表示在某日期
4. おさめる	【納める】	他Ⅱ 收下，接受；收起
5. けっかん	【欠陥】	名 缺陷，缺點
6. しょうどくえき	【消毒液】	名 消毒水
7. スタンド	【stand】	名 支架；臺，座
8. とそう	【塗装】	名 塗漆
9. はがれ	【剥がれ】	名 剝落
10. ふりょうひん	【不良品】	名 瑕疵品
11. へんぴん	【返品】	名・他Ⅲ 退貨
12. りょうひん	【良品】	名 合格產品；品質好的商品
13. とりいそぎ	【取り急ぎ】	副 趕緊，立刻
14. そうふ	【送付】	名・他Ⅲ 寄送，寄出
15. おわび	【お詫び】	名 道歉，賠罪
16. しきゅう	【至急】	名・副 火速，趕緊
17. てはい	【手配】	名・他Ⅲ 安排，籌備
18. てすう	【手数】	名 麻煩；費事
19. ちゃくばらい	【着払い】	名 貨到付款
20. ただい（な）	【多大（な）】	名・な形 極大，很大

文型

1. つきましては～　因此；為此

　・接　つきましては＋文

　　例　つきましては、不良品の返品と良品への交換をお願いいたします。

2. ～にて　以…；在…（表示場所、時間、手段等）

　　接　名詞＋にて

　　例　着払いにてご返送くださいますようお願い申し上げます。

3. ～べく　為了…

　　接　動詞辞書形＋べく

　　例　今後二度とこのようなことがないよう、品質管理を徹底すべく努力いたします。

 **腕試し**

　　（　　）に入れるのに最も良いものを、1・2・3・4から一つ選びなさい。

| 1 | 明日の演劇科卒業公演が中止になりましたので、（　　）ご連絡いたします。

　　　1　深く　　　　　　2　手配の　　　　　3　取り急ぎ　　　4　不具合で

| 2 | 通信エラーが発生しました。（　　）ですが、再度お試しください。

　　　1　お詫び　　　　　2　お届け　　　　　3　お収め　　　　4　お手数

| 3 | 特売コーナーの商品は（　　）できませんので、ご了承ください。

　　　1　返品　　　　　　2　世話　　　　　　3　努力　　　　　4　報告

| 4 | 詳しい内容（　　）は弊社のウェブサイトをご覧ください。

　　　1　に関しまして　　2　にもせよ　　　　3　にしたら　　　4　にかけて

| 5 | 新しいワクチンを開発す（　　）、科学者たちは昼夜を分かたず研究に取り組んでいる。

　　　1　ため　　　　　　2　べく　　　　　　3　より　　　　　4　とは

参考資料

書籍

中井治郎（2021）『日本のふしぎな夫婦同姓 社会学者、妻の姓を選ぶ』PHP 研究所

論文

藤中隆久（2016）「いじめの傍観者にならないためのプログラムの考察」『熊本大学教育実践研究』33，熊本大学教育学部附属教育実践総合センター，pp.137-143.

仁平義明（2019）「「いじめ対応」3 つの考え方 －傍観者重視の KiVa プログラム・オルトフの首謀者介入モデル・文部科学省の方針－」『共生科学研 No. 15 = Seisa University Research Bulletin』15，星槎大学出版会，pp.24-44.

ウェブサイト

https://delishkitchen.tv/articles/1059

https://www.cyber-world.jp.net/bubuduke/

https://socialgood.earth/non-standard-vegetables/

https://yamanashi-guide.com/kikakugai-yasai/

https://www.maff.go.jp/j/shokusan/recycle/syoku_loss/attach/pdf/161227_4-138.pdf

https://hint.freeasy-survey.com/articles/37

https://okayamakobo.com/liaisonproject/column/pan-eiyouso-fusoku/

https://www.maff.go.jp/j/seisan/kikaku/pdf/sisin_doukou1_1_1508_part4.pdf

https://www.smilenavigator.jp/utsu/

https://www.shinagawa-mental.com/column/psychosomatic/cause-difference/

https://www.mext.go.jp/component/a_menu/education/detail/__icsFiles/afieldfile/2018/03/19/1302904_001.pdf

https://www.kyoto-u.ac.jp/ja/admissions/about/open

https://www2.nhk.or.jp/archives/311shogen/disaster_records/detail.cgi?das_id=D0010060036_00000

https://www.j-shis.bosai.go.jp/shm

https://reurl.cc/eX8KpK

https://www.jishin.go.jp/resource/column/16sum_p9/

https://www.mlit.go.jp/hakusyo/mlit/r01/hakusho/r02/html/n1222000.html

https://www.maff.go.jp/j/seisan/tyozyu/higai/hyousyou_zirei/yuuryou_jirei/47kamisibai/47zirei.html

https://www.maff.go.jp/j/seisan/tyozyu/higai/

https://www.maff.go.jp/j/seisan/tyozyu/higai/manyuaru/sogo_taisaku/gyousei_kihon.pdf

https://www.soumu.go.jp/main_content/000463873.pdf

http://www.city.iwaki.lg.jp/www/contents/1001000001892/index.html

https://www.env.go.jp/nature/intro/2outline/invasive.html

https://diamond.jp/articles/-/237426

https://oggi.jp/6146927

https://sunao.clinic/qa/archives/1189

https://toyokeizai.net/articles/-/346215

https://survey.gov-online.go.jp/h29/h29-kazoku/2-2.html

https://www.moj.go.jp/MINJI/minji36-02.html

https://ricon-pro.com/magazine/63/#toc_anchor-1-2

https://www.asahi.com/edua/article/14383527

https://www.city.taito.lg.jp/kusei/senkyo/senkan/senkyoundou/innta-nextutounndou.files/dekirudekinai.pdf

https://www.nhk.or.jp/bunken/research/kotoba/20200201_5.html

https://getnews.jp/archives/2587236

https://www.bridal-yumi.com/bridal-costume-price

https://www.weblio.jp/content/%E5%B7%A3%E3%81%94%E3%82%82%E3%82%8A%E6%B6%88%E8%B2%BB

https://www.caa.go.jp/policies/policy/consumer_research/white_paper/assets/2021_whitepaper_0003.pdf

https://www.soumu.go.jp/johotsusintokei/whitepaper/ja/r03/html/nd121310.html

https://www.digital-transformation-real.com/blog/effect-of-covid-19-on-ec.html

http://www.keidanren.or.jp/policy/2020/126_gaiyo.pdf

https://www.kwm.co.jp/blog/economic-stagnation/

https://www.city.tokamachi.lg.jp/soshiki/kankyoenergybu/kankyoeiseika/2/gyomu/1450417851022.html

https://www.env.go.jp/press/110136.html

https://www.env.go.jp/press/109505.html

https://ondankataisaku.env.go.jp/coolchoice/warmbiz/about/

https://ondankataisaku.env.go.jp/coolchoice/coolbiz/

https://bizushiki.com/huryohin

https://bizushiki.com/non-conforming

豆知識参考資料

https://reurl.cc/ml9O2j

國家圖書館出版品預行編目資料

SURASURA! 日語讀解(進階篇)／今泉 江利子,石川
隆男,堀越 和男編著.――初版一刷.――臺北市: 三
民,2023
面; 公分.――（日日系列）

ISBN 978–957–14–7601–8 （平裝）
1. 日語 2. 讀本

803.18   111022412

日日系列

SURASURA! 日語讀解 (進階篇)

編 著 者	今泉 江利子　石川 隆男　堀越 和男
責任編輯	游郁苹

發 行 人	劉振強
出 版 者	三民書局股份有限公司
地　　址	臺北市復興北路 386 號 (復北門市) 臺北市重慶南路一段 61 號 (重南門市)
電　　話	(02)25006600
網　　址	三民網路書店 https://www.sanmin.com.tw

出版日期	初版一刷 2023 年 4 月
書籍編號	S860360
Ｉ Ｓ Ｂ Ｎ	978-957-14-7601-8

三民書局

本書難易度對應日本語能力試驗 JLPT

N3　N2　N1

日日系列

SURASURA!

日語讀解 進階篇

今泉 江利子、石川 隆男、堀越 和男 編著

解析夾冊

三民書局

◇◆ 解析夾冊　目次 ◇◆

圖片來源：Shutterstock

1 茶泡飯：委婉的真心話

文章參考中譯

「茶泡飯 bubuzuke」是身為日本人就一定吃過一次的食物。它主要是一種於白飯淋上熱茶的簡樸料理。「bubu」在京都話裡意指茶和熱水，源自表示「呼——呼——」地吹氣降溫飲用時的擬聲語。而在京都的祇園，當舞伎和藝伎有空閒時，會將茶葉磨碎成抹茶粉，由此衍生出以「磨茶」指稱沒有工作，「茶」一詞本身帶有負面印象。因此，京都人會將茶說成「bubu」或是「obuu」，茶泡飯便被稱為「bubuzuke」。

京都的餐廳在夜深時，好像會向客人勸道：「您要不要來碗茶泡飯呢？」據說這句話含有「已經很晚了，希望你早點回去」的意思。茶泡飯就如同前面所述，是一種不需花費時間和勞力的簡單料理，由此轉變成因為不打算款待你，希望你早點回去的語意。然而，京都人真的是想表達這個意思嗎？

語言學中有一項領域為語用學。語用學是一種區別思索「語言涵義」與「說話者想傳達的意圖」，並研究兩者間差異的學問。我剛來臺灣的時候，經常被長輩搭話問道：「你吃飯了嗎？」第一次聽到時，以為他們要邀請我去吃飯，或是要告訴我好吃的店家，不過當我回答：「我吃過了」後，他們只是笑了笑而已。後來，我得知這是在糧食匱乏的時代體貼對方的招呼方式，我①感到很溫馨。自那之後，我便會回道：「謝謝。我已經吃飽了。」

那麼，基於以上所述，再次回到茶泡飯的話題上。即使老闆是以「已經很晚了，最好早點回去比較好」的心情去說，假如客人以否定的態度理解成：「老闆是想趕我回去嗎」，就會聽起來覺得刺耳，反過來說若以肯定正面的態度去思考：「已經這麼晚了啊，真不好意思給店裡添麻煩了，謝謝你告訴我」，就會認為這是老闆將難以啟齒的事情委婉傳達，處理得通情達理，從這裡也能感受到京都人的美學。也就是說，溝通不僅是聽者對於語言符號涵義的理解，如何解釋語言情報也很重要，還須具備理解言外之意的②語用學推理能力。

習題解答 / 參考中譯

| 1 | 3 | 2 | 1 | 3 | 2 | 4 | 4 |

1 對於「茶泡飯」一詞的理解何者正確？

1 指「呼——呼——」地吹氣降溫後食用的熱食。

2 指的是於麵條淋上茶或熱水食用的簡樸料理。

3 為了避免茶帶有的負面印象而改為如此稱呼。

4 在日本並非一道常見的料理。

2 為什麼勸吃茶泡飯這件事會演變成作為「希望你早點回去」的語意使用呢？

1 因為茶泡飯不適合作為招待他人時的料理。

2 因為茶泡飯可以很快吃完馬上回去。

3 因為茶泡飯是作為飲食店用餐時收尾的食物。

4 因為茶泡飯是日本人喜歡的料理。

3 為什麼筆者①感到很溫馨呢？

1 因為長輩邀請一起吃飯。

2 因為長輩把我放在心上問候我。

3 因為長輩要告訴我好吃的店。

4 因為長輩用日文跟我打招呼。

4 筆者認為溝通中必要的②語用學推理能力是什麼？

1 從狀況及前後語意推測並理解不懂的表達方式和文法使用方式的能力。

2 從狀況及前後語意推測並理解語言符號涵義的能力。

3 說話者從狀況及前後語意推測並理解聽者心情的能力。

4 聽者從狀況及前後語意中推測並理解說話者意圖的能力。

🎯 小試身手

1	2		2	1		3	3		4	2		5	4

2 規格外蔬菜（NG 蔬菜）

文章參考中譯

A 規格外蔬菜的現況

雖然大小、顏色、形狀不符合規格的蔬菜，有一部分會成為預先切洗並包裝好的蔬菜、果汁或加工食品，但現況是仍有許多規格不符的蔬菜遭報廢。1973 年設立的這個標準，在當時是基於「穩定價格」、「流通上更有效率」和「消費者喜好」的考量，原本並非是為了人民的食品安全而制定。後來，由於廉價的進口農產品增加而於 2002 年廢除。然而，地方自治體及農會等，現在仍以產地之間的競爭優勢為由繼續採用這個標準。從數量來看，這種不符合規格的蔬菜每年也有 400 萬噸，就現況而言，這絕不是一筆小數目。不過，這個數字並沒有包含在政府的食物浪費統計裡。因此，這被稱作「隱性食物浪費」，最近開始受到人們的關注。

B 針對食物浪費問題的因應辦法

全球暖化造成的氣候變動、貧富差距造成的貧困，加上人口成長造成的糧食問題都變嚴重的現在，改善食物浪費的必要性（包含不合規格的蔬菜）與日俱增。因此，原以為這樣做就可以達到不再捨棄規格外蔬菜的目的，沒想到最近反而由於農藥、化學肥料使用過量，以及地方自治體為了保護產地農民而設立不同標準等等的背後因素，最後狀況甚至變得十分複雜。到頭來，從生產、流通到消費這一串供應鏈裡的各個利益相關者當中，仍屬消費者最有影響力吧。在這個棘手的規格外蔬菜問題上，可以說改善消費者只注重商品外貌以及購買行為的習慣，才是必須最先著手處理的。

習題解答 / 參考中譯

1	2		2	3		3	2

| 1 | 在文章 A 當中，是如何敘述規格外蔬菜呢？

  1　規格外蔬菜賣不出去是因為出現大量進口的廉價農產品。

  2　規格外蔬菜是因為重視「穩定價格」、「流通上更有效率」和「消費者喜好」而誕生。

  3　規格外蔬菜從數量來看有 600 萬噸，比統計出來的食物浪費還多 200 萬噸。

  4　規格外蔬菜是不符合政府規定的蔬菜，全數都會製成加工食品。

| 2 | 在文章 B 當中，是如何說明關於改善的難處呢？

  1　因氣候變遷、貧困、糧食問題的增加等背景，使狀況變得複雜。

  2　廢除標準後，這次改為以不生產規格外蔬菜為目的，讓農民不知所措。

  3　廢除標準後，地方自治體設立不同的標準，農民則開始過度使用農藥。

  4　生產、流通和消費之間所追求的目標不同，因此難以解決。

| 3 | 關於規格外蔬菜的問題，下列何者為文章 A 與文章 B 一致的意見呢？

  1　有必要恢復 2002 年廢除的規格外蔬菜相關標準。

  2　在改善食物浪費的需求與日俱增的同時，狀況變得更為複雜。

  3　被稱為「隱性食物浪費」的規格外蔬菜不斷增加。

  4　很難在保護產地農民的同時，不要產出規格外蔬菜。

🎯 小試身手

| 1 | 2　| 2 | 4　| 3 | 4　| 4 | 3　| 5 | 1

3　早餐吃米飯還是麵包？

🎯 文章參考中譯

問卷調查

你平日的早餐，是吃麵包？還是吃米飯呢？

　　早餐是一日精神的源頭，不過在忙碌的平日早上，應該會想迅速解決。那麼，實際的情況是如何呢？我們針對米飯和麵包的比例與選擇理由，實施了問卷調查。

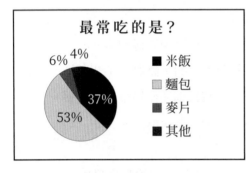

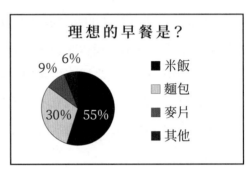

結果概要

　　根據本次調查，了解時間就是關鍵。其中一點據說是無論做早餐的人也好、吃早餐的人也好，都不想要花太多時間。另一點則是家庭成員的用餐時間不同。符合這兩點的主要是吃麵包。這也是過半數的人選擇吃麵包的理由。

　　不過，在詢問理想的早餐這部分，結果卻是米飯占了過半數。理由包含像是搭配味噌湯和玉子燒等等，營養不會不均衡、脂肪不會過多，且飽足感高。

　　那麼，為什麼會選擇非理想早餐的麵包呢？理由便是小家庭化、雙薪家庭增加等背景因素，造成社會結構改變，因此才會希望是能夠輕鬆準備的東西。另外，這也跟廠商為了因應消費者期盼有簡單方便又好吃的麵包之需求，而開發各式商品有關係吧。

總結

　　透過本次調查，了解很多人雖然考量營養方面上米飯比較好，卻以方便性為優先而選擇吃麵包。不過，就算以麵包為主食，搭配沙拉和雞蛋、湯等等一起享用，下點功夫或許就能均衡攝取營養吧。

🎯 習題解答 / 參考中譯

| 1 | 1 | | 2 | 2 |

---

1 從關於平日早餐的問卷調查所了解的事情，是下列何者呢？

1 因為沒有時間而選擇麵包，但是從營養方面來考慮的話，覺得米飯比較好的人很多。

2 雖然米飯比較花時間，但營養不會不均衡，所以有過半數的人選擇米飯。

3 因為麵包可以輕鬆攝取營養，所以選擇麵包的人占了過半數。

4 麵包準備簡單，且適合全家一起吃，所以很多人覺得是理想的早餐。

---

2 以麵包為主食的原因，下列何者正確？

1 因為麵包比較適合沙拉和湯，也符合現代人的口味。

2 因為社會結構改變，而沒有時間準備早餐。

3 因為麵包廠商販賣便宜商品。

4 因為雙薪家庭增加，而喜歡方便、高營養的麵包。

🎯 小試身手

| 1 | 4 | | 2 | 3 | | 3 | 2 | | 4 | 1 | | 5 | 3 |

4 與憂鬱症的相處之道

文章參考中譯

憂鬱症是一種心病，也可以說是目前日本每 15 人當中就有 1 人罹患的國民病。但是，人們仍沒有正確理解憂鬱症，不少人認為①這些人是「懶惰」或「沒毅力」等。因為憂鬱症是難以從外表判斷的病。所以在學校、職場，甚至是家人之間都無法獲得理解，在學校被當成問題兒童對待，在職場被認為是沒有幹勁的人，也有人與家人爭吵不斷。

實際上，多數罹患憂鬱症的人都非常認真、責任感強烈，也比旁人更加努力。舉例來說若是社會人士，就會為了達成業績、盡職責，而努力到超過自己的極限，不知不覺間累積壓力、耗費心神。這種狀態持續一陣子後，某天就會開始心悸、頭痛，晚上則會失眠，早上身體重如鉛塊無法從床上起來。即使盡力不給周遭添麻煩，而鼓舞自己加油，頭和身體卻都無法動彈。受負面想法所支配，情緒變得越來越低落。有時明明沒有感到難過卻淚流不止。伴隨這種身體和精神的異常，無法完成過去做得到的事，人際關係也產生負面影響，獨處的時間變多。結果這又讓憂鬱症惡化。一旦陷入這種②負面的惡性循環，便會逐漸認為自己是毫無價值的人，甚至想一死了之，實際上在這之中也有人選擇自殺。

雖然有句話說「憂鬱症是內心的感冒」，但並非靠吃藥 2、3 天就能治好。可能要花費數月甚至數年，甚至也有人在長達 10 年以上的時間裡，遭受不停復發與病情緩和的痛苦。這就是憂鬱症的可怕之處。當懷疑自己是不是罹患憂鬱症時，重要的是先去身心內科、精神診所等等有專科醫師所在的醫院。不過，根據厚生勞動省的調查，患有憂鬱症的人當中，僅有不到 4 分之 1 左右的人會就醫，其中也有許多人中途就不再就診。

現今仍有許多人誤解憂鬱症是「內心軟弱的人才會罹患」、「靠調整心態就能克服」。但是，這絕非如此輕而易舉的事。如果眼前有人腳骨折感到困擾時，你會怎麼做呢？應該會伸出援手幫助他吧。憂鬱症不只要早期發現、早期治療，周遭的人們對憂鬱症抱有正確的知識也很重要。不讓他們逞強，溫暖地守護他們才是加快病情緩和的最好捷徑。因為憂鬱症是「內心的骨折」。

習題解答 / 參考中譯

| 1 | 4 | 2 | 1 | 3 | 3 | 4 | 4 |

1 ①這些人指的是誰呢？

1　在學校被當成問題兒童對待，在職場被認為是沒有幹勁的人。

2　認真、責任感強烈，並且比旁人更加努力的人。

3　罹患國民病的人。

4　罹患憂鬱症的人。

2 筆者是如何看待②負面的惡性循環呢？

1　與本人想要努力加油的意志無關，身心皆逐漸受到侵蝕。

2　好事與壞事斷斷續續地交替發生，引發精神及肉體上的異常。

3　情緒持續低落，且難過地淚流不止。

4　人際關係不順，且感到孤單、寂寞。

3 憂鬱症依然受到誤解，下列何者為關於憂鬱症特徵的適當描述呢？

1　憂鬱症是意志薄弱的人才容易罹患。

2　憂鬱症可以靠著毅力與幹勁治好。

3　憂鬱症是難以治癒的病。

4　憂鬱症是偷懶怠惰的人才容易罹患。

4 筆者在這篇文章中最想說明什麼呢？

1　憂鬱症不像感冒一樣能輕易治好。

2　就像不能讓腳骨折的人勉強行走一樣，不能硬要罹患憂鬱症的人努力。

3　就像不能讓腳骨折的人勉強行走一樣，不能硬要憂鬱症患者運動。

4　就像骨折需要有周遭的協助一樣，憂鬱症也需要有周遭的理解與支援。

🎯 小試身手

| **1** | 1 | **2** | 4 | **3** | 1 | **4** | 2 | **5** | 3 |

5 校園霸凌

文章參考中譯

A 關於「旁觀者效應」

　　文部科學省將加害者、被害者以及觀眾這三種角色，列為參與霸凌的人。這在 2013 年時，新增旁觀者這一角色。這個結果顯示了世界的趨勢。實際上，在校園霸凌的現場，幾乎都有知悉或親眼目睹霸凌現場的旁觀者。但是，這些旁觀者該說他們是不關心，還是膽小呢？不知為何不打算救援被害者。在這裡我們便能看見社會心理學的「旁觀者效應」發揮影響。這是當自己以外有其他目擊者在場時，便不會率先主動進行援助的心理狀態。「應該會有誰出手幫忙吧」、「我不想負責」、「在意周遭的眼光」，要是沒有想到上述心理狀態，就無法理解這個現象。

B 旁觀者也是加害者

　　1996 年，在霸凌對策上注意到旁觀者的是芬蘭的 Christina Salmivalli 女士。她說關於霸凌，是主謀者想要儘量展現一種比別人還要強大、且居於優勢地位的行為，是一種權勢不平衡的心理作祟。因此，旁觀者若在霸凌現場採取沉默和視而不見，對主謀者來說反倒等同於默許了霸凌。他的自我肯定感會更加高漲，霸凌情況就有惡化的傾向。如此一來，旁觀者雖說是保持沉默，但也很可能成為間接加害者。不過，相反地如果讓旁觀者「有信心也確信自己可以成為一名庇護者」的話，阻止霸凌的發生也不是不可能。我也認為預防霸凌的辦法，旁觀者的反應是有效果的。

習題解答 / 參考中譯

| 1 | 3 | | 2 | 3 | | 3 | 4 |

1 在文章 A 中，筆者是如何描述旁觀者效應呢？

1 在霸凌現場，對被害者視而不見的心理狀態。

2 在霸凌現場，想要儘量展現一種比別人還要強大、且居於優勢地位的心理狀態。

3 有其他目擊者在場時，自己便不會主動進行援助的心理狀態。

4 是一種社會心理學，對自己以外的事物變得不關心、膽小的心理狀態。

2 在文章 B 中，筆者針對旁觀者說了什麼呢？

1 旁觀者沉默、視而不見的行動，對主謀者來說是令人不快的態度。

2 自我肯定感會更加高漲，而使霸凌的情況更加惡化。

3 旁觀者沉默或視而不見的行動，有時可能會成為間接加害者。

4 自我肯定感會更加高漲，而採取沉默或是無視的作為。

3 文章 A 和文章 B 當中皆有觸及什麼觀點呢？

1 參與霸凌的角色，只有加害者、被害者和旁觀者。

2 如果讓旁觀者有信心也確信自己可以成為一名庇護者，會是預防霸凌的辦法。

3 旁觀者受旁觀者效應影響，因此有必要理解。

4 在參與霸凌的角色當中，旁觀者的影響力很大。

🎯 小試身手

1	1	2	4	3	3	4	1	5	2

6　校園開放日

🎯 文章參考中譯

20XX 年度　綠山大學　校園開放日

校園開放日是一個為了讓大家了解綠山大學的教育、研究、設施、學生生活等而舉辦，充滿心意的活動。

對象

希望報考綠山大學的高中生和其家長。

（各年級的高中生均可參加）

目前就讀日本語學校的外國留學生。

日期、時間與地點

活動日期	時間	學院	會場
8 月 3 日（六）	9:00 ～ 16:00	所有學院	綠山紀念禮堂
8 月 4 日（日）	13:00 ～ 17:00	文學院／醫學院	綠山紀念禮堂
8 月 10 日（六）	13:00 ～ 17:00	教育學院／藥學院	國際交流禮堂
8 月 11 日（日）	13:00 ～ 17:00	經濟學院／工學院	國際交流禮堂

當天流程

8 月 3 日（六）

時間	流程內容
9:00 ～ 10:00	校長開場致詞暨開幕典禮
10:00 ～ 12:00	在校生交流時間／諮詢時間
12:00 ～ 13:30	午休
13:30 ～ 16:00	校園巡禮（參觀圖書館／宿舍等設施）

8 月 4、10、11 日

時間	流程內容
13:00 ～ 15:00	在校生交流時間／諮詢時間
15:30 ～ 17:00	校園巡禮（參觀圖書館／宿舍等設施）

關於事前預約的方法與期限

1. 於綠山大學的首頁登記參加。

2. 事先報名想要參加的校園開放日期。

3. 活動當天於接待處出示「校園開放日入場證」。

需要每人個別分天登記日期。

申請期間：6 月 24 日（一）～ 7 月 31 日（三）

茲臨注意事項與請求

1. 受理時間為每天當日活動開始時間前 1 小時。

2. 請利用公車、電車等大眾運輸工具前來。

3. 在會場請遵從工作人員的指示。

4. 媒體公關人員會於會場內進行拍照及攝影。如果您不希望被拍攝，敬請告知媒體公關人員。

洽詢單位

綠山大學　學生事務處入學試驗組

TEL：078-9677-1111　　E-mail：nyushi@midoriyama-u.ac.jp

🎯 **習題解答／參考中譯**

1	3	2	4

1	坂本同學想要學習日本文學，他應該參加下列哪天的校園開放日呢？

　　1　8月3日星期六

　　2　8月4日星期日

　　3　8月3日星期六、8月4日星期日

　　4　8月3日星期六、8月4日星期日、8月10日星期日

2	張同學想和同班的郭同學兩人一起參加8月3日以及4日的校園開放日，他們該怎麼做呢？

　　1　由張同學作為代表，於6月底前至綠山大學首頁，一次同時報名8月3日與4日。

　　2　張同學和郭同學各自於7月中，打電話至綠山大學，一次同時報名8月3日與4日。

　　3　於7月底前至綠山大學首頁，張同學報名8月3日、郭同學報名8月4日。

　　4　張同學與郭同學各自於7月中，至綠山大學首頁個別報名8月3日與8月4日兩天。

🎯 **小試身手**

1	3	2	4	3	2	4	4	5	1

7 天災在人們遺忘時降臨

文章參考中譯

「那時正好是中午，我碰巧在田裡，因為突如其來的晃動而當場蹲下。到了傍晚，那一頭的天空彷彿晚霞般通紅，我才察覺到原來那裡是東京啊。」祖母用手指向東南方，如此向我說道。雖然已是 40 多年前的事了，不過祖母告訴了我地震的恐怖之處。1923 年 9 月 1 日 11 點 58 分，以神奈川縣西部為震源地的大地震襲擊了南關東。表示地震大小的地震規模為 7.9、震度為 7 級，由於當時幾乎都是木造房屋，以東京都心為中心，地震後發生的火災使損害更加嚴重。所有死者及失蹤者超過 10 萬人以上，是明治時期之後日本最大規模的地震損害。這個地震被稱為關東大震災，後來發生地震的 9 月 1 日則被定為「防災之日」。

以自然地理學的觀點來看，日本列島周圍有 4 個板塊相互碰撞，再加上有許多火山，導致日本成為地震頻繁發生的地震大國。2021 年所觀察到震度 3 級以上的地震有 91 次，經過計算等於以每 4 天 1 次的頻率在日本某處會發生地震。而奪走眾多人命的大規模地震，也以數年一次的比例發生，其中以 1995 年的「阪神・淡路大震災」、2011 年的「東日本大震災」以及 2016 年的「熊本地震」令多數人印象深刻。

然而，正因為這樣的地震從個人角度來看一輩子只會遇上一次，彷彿像是隔岸觀火、事不關己的人也不在少數。因此「天災將於遺忘時降臨」這句警惕大家不可鬆懈、促使注意的話語，便會在每當地震發生時透過媒體等頻繁聽到。這是二戰前的日本物理學家，同時也是隨筆作家的寺田寅彥所留下的話語。他熱衷於從事關東大震災的損害調查，也是日後建立起日本防災基礎的人物。

現在，據說 30 年內有 70% 的機率會發生首都直下型地震與南海海槽地震。倘若發生，其損害別說是熊本地震，恐怕還會遠遠超過東日本大震災。根據日本防災科學技術研究所以「全國地震波動預測地圖」為基礎製作的「J-SHIS 地震風險資料站」，儘管熊本地震在 2016 年當時的發生機率只有 7.6%，卻還是發生了。由此可知 70% 這個數字實際發生的可能有多高。寺田說道：「用正確的心態去面對畏懼的事物。」天災最可怕的地方就在於人們忘記「天災將於遺忘時降臨」這句話的時候。

習題解答 / 參考中譯

| 1 | 4 | 2 | 1 | 3 | 3 | 4 | 2 |

1 祖母與我住在哪裡呢？

1　山梨縣

2　千葉縣

3　茨城縣

4　群馬縣

2 為什麼媒體等會傳達「天災將於遺忘時降臨」這句話呢？

1　為了傳達由於不知道自然災害何時會來，所以日常準備很重要這件事。

2　為了傳達若沒有經歷過自然災害的可怕之處便不會知曉這件事。

3　因為自然災害幾乎不會發生，所以人們便會遺忘。

4　為了不忘記留下這句話的寺田寅彥。

3 寺田所說的「用正確的心態去面對畏懼的事物」是什麼意思呢？

1　地震等自然災害會帶來很大的損害，因此應當畏懼。

2　不常經歷大地震，因此不必過度畏懼。

3　掌握科學的事實，並依此判斷、準備對策很重要。

4　應當掌握科學事實，隨著其危險程度感到畏懼。

4 筆者想傳達的是何者呢？

1　首都直下型地震與南海海槽地震可能發生在不遠的將來，必須注意。

2　人們疏忽大意時天災的損害將會最為嚴重，因此重要的是每個人應從平日開始就保持警惕不鬆懈並準備對策。

3　由於日本是地震大國，地震發生頻繁，近年國民對地震習以為常導致防災意識降低而感到擔心。

4　日本媒體說起自然災害就只報導地震，過度煽動國民的危機意識。

🎯 **小試身手**

| 1 | 2 | | 2 | 3 | | 3 | 2 | | 4 | 1 | | 5 | 4 |

8 獸害對策

文章參考中譯

A　野生動物造成的農業損害

　　作為森林國家的日本，不斷發生野生動物所造成的農業損害。牠們會出沒在山區的人口外流地區及高齡化地區，造成如破壞田地、破壞簡易溫室等損害。特別是從 1990 年代後期開始，野豬、野鹿、野猴造成的損害不斷增多。根據總務省的調查，損失金額在 2010 年達到 240 億日圓的高峰後雖有減少的傾向，另一方面，卻也有很多未公開的損害，實際情況似乎更加嚴重。政府面對這樣的情況，在 2013 年公布藉抓捕行動將棲息數量減半的對策，在 2014 年則公布了捕獲獸肉衛生管理的指導方針。

　　但是，也有因人類砍伐森林而流離失所，以致於來到村落的野生動物，所以也不可能光靠驅除就完全解決問題。

B　島根縣美鄉町的獸害對策

　　在獸害對策上，由於陷阱和獵槍的許可制度以及動物保護法的存在，就算想捕抓也無法任意捕抓。另外，在捕獲到的獸肉處理方面也需提撥經費於衛生管理、搬運、掩埋、焚燒等。因此，目前正以地方自治體為中心持續尋求具體的解決之道。在此，以獲得 2012 年農林水產大臣賞而一舉成名的島根縣美鄉町為例做介紹。美鄉町自 1999 年起不委託他人，讓被害者親自取得狩獵證照、參與驅除，並設立共同食品加工工廠，盡力縮減經費，再加上與大型獸肉加工公司合作，努力做到資源再利用。不論是町內的被害當事人還是婦女會，整個地區的人士為救濟被害人、地區安全和活絡經濟而共同努力。據說現在有些人甚至是來觀光時順便參觀。

習題解答 / 參考中譯

1	3	2	3	3	3

1 在文章 A 當中，是如何說明野生動物造成的農業損害呢？

1 根據總務省的調查，損失金額從 2010 年起有增加的傾向。

2 因森林砍伐、流離失所而來到人類村落的動物們很溫馴。

3 1990 年代後期開始，野豬、野鹿、野猴造成的農業損害增加特別多。

4 野生動物出沒在山區的人口外流地區及高齡化地區，並破壞民宅。

2 在文章 B 當中，如何說明美鄉町的獸害對策內容呢？

1 受害者委託具備狩獵證照的專家來驅除害獸。

2 因為各種經費開銷大，因此委託國家尋求具體的解決之道。

3 為了縮減經費，自己設立共同獸肉處理廠，並與加工公司合作。

4 只有受害者在自我救濟、地方安全和活絡經濟上獨自努力。

3 關於獸害對策，文章 A 和文章 B 是如何說明呢？

1 文章 A 和文章 B 都說明了因動物保護法，導致獸害對策難以實施。

2 文章 A 和文章 B 都說明了必須好好理解減半棲息數量對策。

3 文章 A 說明了只驅除野生動物無法解決問題，文章 B 說明了由整個地方的民眾一起制定具體對策是有效的。

4 文章 A 說明了山區的人口外流及高齡化是問題所在，文章 B 說明了縮減經費、與公司合作是問題所在。

🎯 **小試身手**

1	2		2	2		3	4		4	3		5	1

9 外來種的「三不」對策

🎯 文章參考中譯

外來種的「三不」對策
―為了地區生態系，我們能夠做的事情―

什麼是外來種

所謂的外來種，是指原來不存在於該地區的動植物因人類活動而引入。另一方面，並不包括鳥類遷徙等非人為因素。而在外來種當中，會影響地區的生態系，對人類生命和身體、農林漁業等造成損害的物種，已被法律指定為特定外來種。在本市內已確認了大金雞菊、擬鱷龜、浣熊、大口黑鱸等特定外來種。

外來種的問題

外來種的入侵會破壞本地經年累月取得平衡的生態系，或與近親種的原生物種雜交，導致原生物種的基因獨特性消失。另外，也有咬傷人、螫傷人等對人類生命和身體造成損害，以及吃掉農作物、毀壞田地等對農林漁業等造成損害的情況。

什麼是三不對策「不引進、不棄養、不繁衍擴散」

指的是為了守護地區的生態系，「不引進」有可能會造成負面影響的外來種，「不棄養」所飼養、栽培的外來種，「不繁衍擴散」已存在於此區域的外來種到其他地區這三件事。

在本市內目擊到特定外來種時，請聯絡以下洽詢單位。

洽詢單位

南淺川市　生活環境科　環境保護組

電話號碼：0756-32-1897

電子信箱：kankyo@city.minamiasakawa.jp

1	3	2	2

1 　關於外來種，下列哪一個選項敘述是正確的？

　　1　外來種是指因人類而新引進該地區的動物。

　　2　外來種是指因人類及大自然而新引進該地區的動植物。

　　3　外來種是指因人類而新引進該地區的動植物。

　　4　外來種是指由人類帶來、只對該地區有負面影響的物種。

2 　關於外來種的「三不」對策，下列哪一個選項敘述是正確的？

　　1　不引進外來種、不擅自飼養或種植、不隨意棄養。

　　2　不把外來種帶進來、不野放或種植到野外、不繁衍擴散到其他地區。

　　3　不要餵養外來種、不隨意棄養、不隨意增加。

　　4　不買賣外來種、不隨意棄養、不繁衍擴散到其他地區。

🎯 小試身手

1	2	2	4	3	1	4	3	5	2

10 正義中毒

🎯 文章參考中譯

　　「中毒」指的是因體內攝入的有毒物質超過許可範圍的量，導致身體機能受到抑制。分為因短時間內攝取過多而突然陷入生病狀態的「急性中毒」，以及因長期攝取造成身體出現異常的「慢性中毒」。若為慢性中毒，會引發成癮，即使想戒掉特定的物質或行為（過程）也戒不掉，有時對日常生活及健康、人際關係及工作等也會造成負面影響。例如：酒精、香菸、賭博、毒品和安眠藥等藥物，我們身邊熟悉的購物、電動遊戲以及網路（社群媒體）等也會引發成癮。

　　成癮是腦部疾病。實際上生病的大腦機制都有共同點，皆是因為被稱為「犒賞系統」的神經迴路受到強化所形成。也就是說，因某種物質或行動使得腦內分泌名為多巴胺的神經傳遞物質，人們便感受到強烈的滿足感以及好心情，而想再次從事相同行動和體驗。例如，當吸食大麻時，也會分泌多巴胺並刺激犒賞系統，進而獲得快樂，即使做好事後受人感謝，犒賞系統也會受到刺激而獲得滿足感。

　　最近腦科學家中野信子女士所命名的「正義中毒」蔚為話題。這個詞彙是在說明，當一個人深信「自己是絕對正確」時，對與自己想法相反的人以及擾亂團體規則的人會湧上一股「不可饒恕」的情感，而反覆以過度攻擊性的話語責難他人等行為。這種行為發洩的典型代表就是藝人的醜聞。正義中毒的人們抓到機會就會同時利用社群媒體等進行攻擊。藉由施予「正義的制裁」釋放多巴胺而獲得快感，若同時含有這是為了同伴而做的想法，則會感到更加愉悅。而且，到一個段落後又會開始尋找下一個懲罰對象。

　　正義中毒在越面臨危機的狀況下越容易發生。傳染病的大流行、貧富差距兩極化、經濟停滯等，當整個社會感到疲憊的同時，每天置身於這種資訊和狀況之下的人，大腦或多或少也會感到疲憊。這種壓力也是原因之一，使得掌管思考及情感的大腦前額葉皮質機能低下，無法做出正確的判斷就罷了，有人甚至也無法好好控制自己的行為。再加上牽涉個人性格問題，最終引發正義中毒。廣義來說正義中毒這種現象並不是現代才開始。然而，隨著這種趨勢逐漸擴大，反而縮減了多樣性，結果使得社會和組織產生走上衰退之路的危險性。正義中毒就像是現代日本所面臨的問題弊端中所產生的膿包。

🎯 習題解答 / 參考中譯

1	3	2	4	3	1	4	2

1 關於「中毒」何者錯誤？

1 有突然對身體造成影響的中毒，也有透過長期使身體逐漸異常的中毒。

2 慢性中毒有可能會引發成癮。

3 成癮分為當想停止時可以馬上停止，以及即使想停止也無法停止。

4 成癮包含藥物或酒精等物質成癮，以及賭博、遊戲等行為成癮。

2 筆者是如何說明關於成癮的大腦機制呢？

1 若為慢性中毒，特定的物質和行為會以不同的機制引發成癮。

2 因頻繁攝取、採取會釋放多巴胺的特定物質或行動，導致名為「犒賞系統」的神經迴路遭受破壞而成癮。

3 分泌多巴胺時人會感到焦慮及不安，為了抑制焦慮而想再次進行相同行為和經驗。

4 分泌多巴胺時人會感到快樂，就會想再次進行相同行為和經驗。

3 這種資訊和狀況指的是什麼呢？

1 傳染病的大流行、貧富差距兩極化、經濟停滯等問題。

2 日常生活及健康、人際關係及工作上的糾紛。

3 酒精、香菸、賭博、毒品和安眠藥等特定物質。

4 「正義的制裁」是為了同伴而做的想法。

4 在這篇文章中筆者想傳達的事情為何？

1 正義中毒是一種成癮，所以必須接受治療。

2 正義中毒雖然是個問題，但產生正義中毒的日本社會也有問題。

3 一旦正義中毒的趨勢越廣，世界越和平。

4 如果正義中毒的人都消失的話，日本社會就能變好。

🎯 小試身手

| 1 | 1 | | 2 | 3 | | 3 | 2 | | 4 | 3 | | 5 | 1 |

11 夫妻同姓

🎯 **文章參考中譯**

A　夫妻同姓的歷史背景

> 日本於 1875 年依法規定平民必須使用姓氏，隔年的 1876 年，儘管當時政府規定夫妻使用各自的姓氏，但社會上已逐漸採用相同姓氏。因此，於 1898 年轉而在民法中規定夫妻同姓。這並非直接規定夫妻雙方的姓氏，而是因為社會上已形成了妻子作為媳婦嫁入夫家的家庭意識。
>
> 之後，於 1947 年的民法修正之際，改為既能維持舊法的夫妻同姓原則，同時基於男女平等的理念讓夫妻從對方的姓。事實上，現在放眼全世界，只有日本還依法要求夫妻須為同姓。聯合國於 1979 年通過消除對婦女一切形式歧視公約後，至今對於日本的夫妻同姓制度三度勸告修改法律。

B　制度真的有必要修改嗎？

> 人們對於最高法院做出民法不承認夫妻別姓的規定是「合憲」的判決，不禁感到憤怒的呼聲越來越高。那麼在討論時，夫妻同姓與夫妻別姓的缺點是什麼呢？夫妻同姓的缺點以對老舊家庭意識的不舒服感、只有日本才這樣規定等對女性的歧視為主。
>
> 相較之下，夫妻別姓的缺點，則於小孩的撫養權、繼承權問題、扣稅等修法後的權益問題上受到關心。2017 年的民調顯示，有 42.5% 的人贊成修法，超過了反對的 29.3%。然而，贊成的人當中，有 47% 是「雖然贊成修法，但自己不會改回舊姓」，真正希望改變的人數，實際上比反對者人數還要少。真希望早點如同歐美一樣為選擇制夫妻別姓。

🎯 **習題解答 / 參考中譯**

1	2	2	4	3	2

| 1 | 在文章 A 當中，是如何描述夫妻同姓的歷史意義呢？

1　政府於 1876 年規定了夫妻同姓，社會上也逐漸採用相同姓氏。

2　現在，全世界只有日本依法要求夫妻採用相同姓氏。

3　1898 年民法修改成基於男女平等的理念讓夫妻從對方的姓。

4　2017 年的民調顯示，有 21.5% 的人屬於「雖然贊成修法，但自己不會改回舊姓」。

| 2 | 在文章 B 中，是如何說明夫妻同姓的缺點呢？

1　夫妻同姓會有孩子的撫養權、繼承權問題以及抵扣稅等問題。

2　像歐美那樣的選擇制夫妻別姓是世界趨勢，日本已經落伍了。

3　最高法院認定民法不承認夫妻別姓的規定是「合憲」。

4　夫妻同姓讓人感到對老舊家庭意識的不舒服感以及對女性的歧視。

| 3 | 關於夫妻別姓，文章 A 和文章 B 一致的意見為何？

1　一部分的人因最高法院認定民法不承認夫妻別姓的規定是「合憲」而感到憤怒。

2　從世界各國的情況來看，日本的夫妻同姓似乎存在著問題。

3　贊成派因民調顯示贊成修改民法的人比反對還要多而感到高興。

4　作者期盼日本人也能像歐美一樣為選擇制夫妻別姓。

🎯 小試身手

| 1 | 1　| 2 | 3　| 3 | 2　| 4 | 2　| 5 | 3

12 競選活動

◎ 文章參考中譯

競選活動中可以做與不可以做的事

什麼是競選活動

在特定選舉上，為了取得選民對特定候選人與政黨的投票所舉辦的活動，包括張貼海報、演講等等。競選活動不限於街頭等室外場所，也包含利用網站與社群媒體的競選活動。

可進行競選活動的期間

於公告日受理候選人登記參選，到投票日的前一天為止，可以進行競選活動。另外，關於街頭演講等室外活動，則從早上 8 點開始到晚上 8 點。

禁止的競選活動

1. 挨家挨戶拜訪拉票：在選舉期間，單獨到選民家中拜訪並拉票。

2. 署名運動：後援會為了招募會員要求署名。

3. 提供食物及飲料：候選人提供第三者、選舉工作人員食物及飲料。但茶水及便當不在此限。

4. 引人注目的脫序行為：為了競選活動而集結人群掃街、鳴響汽笛等擾人行為。

5. 選民利用電子郵件進行競選活動。例如寄送、轉發候選人的競選活動電子郵件。以及選民利用電子郵件拉票。

任何人都能做的競選活動

1. 在休息時間向朋友進行拉票。

2. 透過電話、網站與社交軟體聲援候選人。但是，無論選民或候選人，皆禁止影印並分發、張貼網站上的競選活動海報。

不能進行競選活動的人

1. 公務員、未成年人、不具選舉權以及被選舉權的人

2. 投票管理者、開票管理者、選委會主委

洽詢單位

上田市選舉管理委員會

電話：05-2469-8561

時間：星期一～星期五的早上 8 點 30 分～下午 5 點（國定假日除外）

1	3		2	1

1　上班族的吉川先生支持谷村候選人。在競選活動期間，吉川先生可以對同事進行下列哪個競選活動呢？

　1　用電子郵件拜託同事投票給支持的候選人。

　2　推薦同事加入後援會並請求簽名入會。

　3　午休時，拜託同事投票給支持的候選人。

　4　在競選活動期間，將從支持的候選人那裡收到的電子郵件轉發給同事。

2　濱田小姐登記為 1 月 16 日公告、1 月 23 日投票的市長選舉候選人，她可以從事下列哪個競選活動呢？

　1　從 1 月 16 日到 1 月 22 日止，發送競選用的電子郵件。

　2　從 1 月 17 日到 1 月 23 日止，發送競選用的電子郵件。

　3　從 1 月 16 日到 1 月 23 日止，影印網站上的競選活動海報分發給選民。

　4　從 1 月 16 日到 1 月 22 日止，到選民家中訪問並拜託投票。

🎯 小試身手

1	1		2	3		3	2		4	3		5	2

13 中島敦《山月記》（節選）

🎯 **文章參考中譯**

　　我剛剛還說不知為何落得這種命運，但其實仔細思考一下，也不是毫無頭緒。在我還是人類時，我極力避免與人來往。人們說我傲慢、自尊自大，其實他們並不知道，那只是種類似羞恥心的東西。當然，曾經被故鄉的人們稱為鬼才的我，也不會說自己完全沒有自尊心。不過，那其實應該可說是①懦弱的自尊心。我雖然想藉由詩詞成名，卻沒有進一步去拜師求學，或是結交詩友來努力切磋琢磨。話雖如此，我也不屑與凡夫俗子為伍。這些全都是我懦弱的自尊心與自尊自大的羞恥心所造成。因為我害怕自己其實不是珠寶，並沒有刻苦地磨練自己，同時我也半信半疑地認為自己應是珠寶，因此也無法庸庸碌碌地與瓦為伍。結果我逐漸與世隔絕，疏遠他人，因為怨憤與惱羞成怒，使我體內懦弱的自尊心被養肥了。聽說每個人都是馴獸師，而相當於那頭猛獸的就是各自的性格。以我來說，這個自尊自大的羞恥心就是頭猛獸，是隻老虎。這不但損害了我自己、使妻小痛苦，傷害了朋友，最後，我的外表就變成與內心相符的這副模樣。現在回想起來，我白白浪費了自己少之又少的才能。「人生什麼都不做的話過於漫長，但若要做些什麼又過於短暫」，雖然我總是口頭上賣弄這些警世格言，實際上，怯懦地害怕暴露自身才能不足，以及因厭惡刻苦而怠惰，這才是我的全部。雖然遠比我缺乏才能，但因專心致志磨練自己，而成為堂堂詩人的人不在少數。變成老虎的現在，我才終於②察覺到這件事。一想到如此，我的內心便感到被灼傷般地懊悔。我已經無法以人類的身分生活。即使現在我在腦海裡創作出多麼優秀的詩詞，又要以何種方式發表呢？更不用說我的思想每天都更加接近於老虎。被我白白浪費掉的過去又該如何是好？每當我無法忍受的時候，我就會爬上對面那座山頂的岩石，朝空谷吼叫。我想向他人傾訴這燃燒內心的悲傷。我昨天傍晚也在那裡朝著月亮咆哮。我想著能否有人能幫我分擔這分痛苦。然而野獸們聽到我的聲音，就只會感到恐懼並跪伏在地。山、樹木、月亮、露水，也只會認為是一隻老虎在怒不可遏地嘶吼著。即使躍上天、伏於地悲嘆，也沒有任何人能理解我的心情。這正好與我還是人類時，無人能理解我那容易受傷的內心一樣。濡溼我毛皮的，並不只有夜晚的露水。

🎯 **習題解答 / 參考中譯**

1	2	2	4	3	3	4	2

1 關於①懦弱的自尊心、主角是在害怕什麼呢？

   1　拜師、結交詩友努力切磋琢磨一事。

   2　被世人知道自己才能不足一事。

   3　恐怕遲早完全變成老虎一事。

   4　即使創作出優秀的詩詞，卻沒有發表方式一事。

2「珠寶」與「瓦」分別比喻什麼呢？

   1　老師與凡人

   2　鬼才與同鄉

   3　老師與同鄉

   4　鬼才與凡人

3 關於②察覺到這件事，「這件事」是指什麼呢？

   1　能否成為有名的詩人，取決於才能的有無。

   2　為了成為有名的詩人，除了努力也必須有才能。

   3　即使才能不足，只要努力就能成為有名的詩人。

   4　即使不夠努力，只要有才能就能成為有名的詩人。

4 下列敘述何者與本文內容相符？

   1　主角因為變成了老虎，所以極力避免與人來往。

   2　主角因為無法妥善掌控自己的性格，所以變成了老虎。

   3　主角因為不想與俗人為伍，所以不拜師交友。

   4　主角之所以爬上山頂朝月亮咆哮，是因為想讓野獸們跪伏在地。

🎯 **小試身手**

1 3	**2** 2	**3** 1	**4** 3	**5** 4

14 「上京」的意義

◎ **文章參考中譯**

A　關於「上京」的歷史

> 　　「上京」一詞，原本是指「前往首都」的意思。在江戶時代之前，京都是天皇和將軍一族所在的國家中心地，從歷史上來看，說到首都多半是指京都。因此，「前往京都」這件事從以前便被稱為「上京」或是「上洛」。然而到了江戶時代，將軍家和政治中心遷移到現在的東京，天皇一族與將軍一族變成居住於不同地方，因此不得不將「前往東京」這件事稱作「上府」以作出區別。不過，到了明治時代，天皇才剛移居東京，這次就開始用「上京」來指「前往東京」。現在，辭典《大辭林》以「前往首都，現指前往東京」來解說「上京」一詞。看來「上京」似乎是日語特有的表達方式。

B　「上京」的用法改變

> 　　「上京」一詞，原本的意思隨著時代變遷而逐漸模糊。在 15、16 世紀左右的戰國時代，除了具備移動之意的同時，也用於在京都確立地位、掌握實權、控制京都而得天下之意。這個詞彙並不僅僅指前往京都一事，也似乎包含了人們對權力的慾望和生活的目標。到現在，它演變成「前往首都，現指前往東京」之意。這是因為用來當作移動的說法減少，演變成以個人對人生目標的想法為主。從緊鄰東京的縣市前往東京 23 區，是不稱作「上京」，便是證據。這也可以說是社會祥和，加上交通工具發達造成距離感變近吧。

◎ **習題解答 / 參考中譯**

| 1 | 2 | | 2 | 4 | | 3 | 4 |

1 在文章 A 中，是如何說明關於「上京」一詞的歷史呢？

　　1　原本是「前往首都」之意，是對奈良、京都、東京使用。

　　2　「前往京都」從以前被稱作「上京」或「上洛」。

　　3　「前往」作為首都的「東京」一事被稱作「上京」。

　　4　「上京」原本為「上府」的意思。

2 在文章 B 中，是如何說明關於「上京」最近的意思呢？

　　1　增加了移動的用法，減少個人對人生目標之想法的用法。

　　2　從東京附近的縣或都市前往東京 23 區會稱為「上京」。

　　3　因為交通工具的發達造成距離感變近，所以最近不再使用。

　　4　演變成「前往首都，現指前往東京」這兩個意思。

3 關於「上京」，文章 A 和文章 B 共同提及的部分為何？

　　1　「上京」的意思從以前到現在都是指前往京都。

　　2　「上京」現在仍以人們期盼夢想實現的意思較為強烈。

　　3　「上京」的意思包含人們自古以來對和平社會的憧憬。

　　4　「上京」的意思隨著時代變化產生改變。

🎯 小試身手

1	3	2	1	3	4	4	2	5	2

15 白無垢與婚紗

🎯 文章參考中譯

新娘禮服租借

純白婚紗。白色有整潔、避邪驅凶之意。這件婚紗的重點在於雙肩綴有可愛氛圍的蕾絲花邊，以及裙襬向下優雅展開的設計。

- 價格：120,000 日圓
- 套裝內容：婚紗與飾品
- 髮妝與著裝：50,000 日圓
- 交付方式：分為來店領取與郵寄至會場。若選擇郵寄，將另外收取運費 5,000 日圓。
- 租借天數：4 天 3 夜。交付日為第 1 天。

白無垢有著樸素優雅氛圍而受歡迎，是日本獨有的傳統新娘禮服。白色作為神聖的顏色，不只代表純潔，也有驅邪的意思。

- 價格：150,000 日圓
- 套裝內容：白無垢一套
- 髮妝與著裝：80,000 日圓
- 交付方式：分為來店領取與郵寄至會場。若選擇郵寄，將另外收取運費 5,000 日圓。
- 租借天數：4 天 3 夜。交付日為第 1 天。

本店推薦！和服洋裝幸福方案（洋裝 2 套＋和服 1 套）

- 價格：380,000 日圓，現有 7 折折扣！
- 套裝內容：洋裝 2 套（白色婚紗與彩色婚紗）、和服 1 套。髮型美妝與著裝。
- 交付方式、租借天數與上述相同。
- 備註：洋裝與和服皆不包含飾品的費用。

    飾品：洋裝、和服各 25,000 日圓。

租借流程			
租借天數	第1天	第2、3天	第4天
	送達	使用日	歸還

1. 請於當天在會場歸還，或於隔日寄回。

2. 歸還時不需乾洗。

3. 請在簽約後的 5 天內透過銀行轉帳或信用卡付款。

關於服裝的預約、諮詢，歡迎隨時透過以下連結與我們聯繫。

預約請點這裡	洽詢請點這裡

🎯 習題解答／參考中譯

1	2		2	4

1 白石小姐打算使用和服洋裝幸福方案，也決定使用髮妝與著裝，以及租借飾品。若至店家領取、當天於會場歸還衣服，這樣全數花費為多少錢呢？

1 266,000 日圓　　**2 316,000 日圓**

3 380,000 日圓　　4 430,000 日圓

2 下列哪一個選項為正確的新娘禮服租借與歸還方法？

1 簽約後的 5 天內以銀行轉帳方式付款，乾洗後於婚禮隔天郵寄寄回。

2 簽約後的 1 星期內以銀行轉帳方式付款，婚禮當天於會場歸還。

3 跟租借公司簽約的 3 天後以現金付款，婚禮當天以郵寄方式歸還。

4 簽約的隔天以銀行轉帳方式付款，於婚禮隔天郵寄寄回。

🎯 小試身手

1	3	2	4	3	3	4	3	5	4

16 宅經濟（巢籠消費）

🎯 **文章參考中譯**

　　俳句由五、七、五共十七個音節所組成，且規定句中要放入一個季節語。「巢籠」即是季節語的一種，用於表示春天。將鳥築巢、產卵，直到孵化為止都固守巢穴的行為稱作「巢籠」，因為春天是鳥類產卵一路到雛鳥離巢前的繁殖期。

　　在 2008 年的世界金融危機時，景氣低迷、消費者節約意識增強，不選擇出門享樂或購物等，而選擇在自家享受的消費型態有所增加。將在狹小的家裡進行網路購物、玩電動遊戲，以及看電視過日子的模樣，比喻成鳥類孵蛋，為此所花費的金錢稱作「巢籠消費」。然而，近來新型冠狀病毒疫情蔓延，與其說是為了節約，倒不如說是為了防止感染而避免外出、不得不在家生活，這樣的行為現在被稱為「巢籠」。因此，現今的消費行為也稱為「巢籠消費」。

　　在世界金融危機中，金融機構深受打擊，因此對所有產業造成損傷，全世界陷入經濟不景氣。當時的確造成全球大亂，但總覺得那種混亂並不致於讓人感到對個人造成影響。然而，此次的新型冠狀病毒並非對全體，而是對部分造成損傷，且由於與我們的生活密切相關，更容易感受到經濟不景氣。例如，因無法外食，使得飲食業在不景氣中掙扎；因無法去旅行，使得觀光業和航空運輸業的業績急遽滑落；因無法享受出門購物，使得大多數的百貨公司營收虧損。但相反地，因無法外食，而利用宅配服務；因無法去旅行，為了享受居家時光，所以用電腦看影片、玩遊戲，還有因無法出門購物，而轉為使用電商網購。像這樣主流的服務業遭受打擊，相反地，家電、電信、IT、遊戲、物流、衛生等的相關製造業及販賣業，即使在新冠疫情中也提升了業績。此種現象稱為「消費行為的變動」。

　　像這樣依據消費行為的變動，可以明確分出業績惡化與業績成長的行業。「最終存活下來的不是最強、最聰明的物種，而是能改變的物種」。這是《進化論》當中的一段話。在與病毒共存、後疫情時代下，改變，也就是處於困境中的各企業活用自身優點的同時，因應現狀如何轉型，將會是生存的關鍵。鳥類的孵蛋行為約 2、3 週便結束，夏天時雛鳥們也將離巢。<u>人類的夏天究竟何時會來臨呢？</u>

🎯 **習題解答 / 參考中譯**

1	4		2	3		3	1		4	2

1 世界金融危機時的巢籠與當今巢籠的差異為何？

1 世界金融危機時該詞意指對象為狹小的家，但現在也包含寬廣的家。

2 世界金融危機時沒有電商網購，但現在有。

3 現在為了節約，外出享樂的時間變少。

4 現在為了防止感染新冠病毒，即使想外出卻出不了門的時間也包含在內。

2 請選出關於「消費行為的變動」實例的錯誤選項。

1 餐廳歇業的同時，宅配服務卻很充實。

2 旅行社和旅館收益減少的同時，為了享受居家時光的影音串流服務及遊戲研發興盛。

3 家電等製造業的業績惡化的同時，網路郵購等販賣業業績成長。

4 百貨公司經營惡化的同時，透過網路商店購物的人有所增加。

3 <u>人類的夏天</u>是什麼意思呢？

1 疫情結束，回到疫情發生前的生活。

2 與病毒共同生存下去。

3 人類配合病毒進化。

4 透過人類的智慧與行動消滅病毒。

4 關於各企業如何在這個疫情時期存活，筆者是怎麼說的呢？

1 確實守護好現在的事業，連同員工，全公司共體時艱。

2 重新審視現在的事業，並開拓活用自家公司優點的全新事業。

3 任用優秀的人才，並招聘外部專家。

4 透過裁員與刪減經費減少支出的同時，籌備充足的資金。

🎯 **小試身手**

| 1 | 1 | 2 | 2 | 3 | 4 | 4 | 4 | 5 | 2 |

17 清涼商務與溫暖商務

🎯 **文章參考中譯**

A 什麼是「清涼商務、溫暖商務」？

「Cool Biz 清涼商務」一詞已使用了很長一段時間。「Cool Biz 清涼商務」是由英語的「Cool」和「Business」的縮寫「Biz」組合而成的新造詞。這是指在夏天，於工作職場不繫領帶、不穿西裝外套，並將冷氣溫度設定在攝氏 28 度上下，對防止全球暖化和減少二氧化碳排放做出貢獻的一種節能運動。而「Warm Biz 溫暖商務」則是在冬天不過度依賴暖氣，藉由將室內溫度維持在攝氏 20 度上下來達成相同效果。整個夏天跟冬天所進行的這種節能運動，當然不僅限於職場。環境省呼籲不僅在工作環境上，在家庭方面也要使用節能家電，促進食衣住行等各方面改善為新的生活方式。

B 廢除該運動的經過與現在的趨勢

環境省於 2005 年提倡了「Cool Biz 清涼商務」和「Warm Biz 溫暖商務」，作為全球暖化與減少碳排放的對策之一。因為 2050 年的「淨零碳排放社會」此一目標，只靠政府的努力是無法實現。實施時間為全國統一，「Cool Biz 清涼商務」訂為 5 月 1 日至 9 月 30 日為止，「Warm Biz 溫暖商務」訂為 11 月 1 日至隔年 3 月 31 日為止。但是，最近受到新型冠狀病毒感染預防對策的影響，居家工作的人增加，再加上全球暖化造成的異常氣候，使得當地生活環境產生了重大變化。因此，從 2021 年起廢除全國統一實施期間。既然已廢除，每個人的判斷就顯得重要。看來環境省推薦今後仍因應地區與個人情況採取靈活且多樣化生活方式的同時，還是會繼續推行節能相關活動。

🎯 **習題解答 / 參考中譯**

| 1 | 3 | 2 | 2 | 3 | 4 |

1 在文章 A 中，是如何說明節能運動呢？

1　是一個介紹環境省所推薦的新生活方式的運動。

2　是一個只針對家庭，要他們留意使用節能家電和食衣住行的運動。

3　是一個對阻止全球暖化和減少二氧化碳排放做出貢獻的運動。

4　是一個夏天冷氣設定於 20 度、冬天暖氣設定於 28 度的全國民眾節能運動。

2 在文章 B 中，是如何說明廢除活動的理由呢？

1　因為國民無法遵守全國統一實施的規定，再繼續執行下去也沒有意義。

2　因為新型冠狀病毒的傳染和異常氣候，使得當地的生活環境產生變化。

3　因為節能運動已進行 10 年以上，成效相當好且狀況也有所改善。

4　因為環境省認為來不及在 2050 年達成「淨零碳排放社會」。

3 為了節能運動，文章 A 與文章 B 說明了什麼才是重要的呢？

1　因應地區與個人情況採取靈活且多樣化的生活方式。

2　因為新型冠狀病毒的影響，即使環境改變也要持續全國統一規定。

3　無論在職場或家庭，都要使用節能家電，改善生活方式。

4　個人在食衣住行等各方面處處注意節能。

🎯 小試身手

| 1 | 2 | | 2 | 3 | | 3 | 1 | | 4 | 3 | | 5 | 1 |

18 產品洽詢郵件

🎯 文章參考中譯

洽詢郵件

主旨：商品瑕疵聯繫   _ ⌞⌝ ✕

SKY PRODUCTS 股份有限公司

販賣部　岡本薰小姐

一直以來承蒙您的照顧了。

我是小野田產業股份有限公司總務部的松本。

我們於 6 月 5 日所收到的產品當中，

發現了瑕疵品，故而來信通知您。

本次下訂的 20 臺消毒水支架中有 5 臺，

發現塗漆剝落的瑕疵。

因此，我們希望能夠退回瑕疵品並更換為合格產品。

謹先匆忙與您聯繫如上。

****

小野田產業股份有限公司

總務部　松本忍

TEL：045-011-4798

MAIL：matsumoto@onoda.com

Ａ ⌀ ☺ 🖼   傳送　儲存草稿　取消

回信

小野田產業股份有限公司

總務部　松本忍小姐

一直以來承蒙您的照顧了。

我們為本次於 6 月 5 日交貨的商品，

內含瑕疵品一事，致上深切的歉意。

我們將立刻安排，讓合格商品能夠在明天送達。

關於退貨一事，麻煩請以貨到付款的方式，將瑕疵品寄回給我們。

我們會盡一切努力管理品質，確保今後不會再度發生類似事件。

造成您極大的不便，我們深感抱歉。

謹先匆忙對瑕疵品表示歉意及匯報商品寄送。

****

SKY PRODUCTS 股份有限公司

販賣部　岡本薰

TEL：03-2255-0001

MAIL：okamotokaoru@sky_products.com

A 𝕌 ☺ 🖼　　　　　　　傳送　儲存草稿　取消

🎯 **習題解答 / 參考中譯**

| 1 | 2 | | 2 | 2 |

| 1 | 下列哪個選項最符合松本小姐寫這封郵件的目的？

    1   通知對方已寄回瑕疵品

    2   請求瑕疵品退貨與換新商品

    3   請求改善品質管理

    4   商品到貨的通知

| 2 | 岡本小姐在郵件中說她將如何處理？請選出最適當的選項。

    1   明天將新商品親手交給對方。

    2   在明天之前送達新商品。

    3   改善品質管理。

    4   明天直接去回收瑕疵品。

🎯 **小試身手**

| 1 | 3 | | 2 | 4 | | 3 | 1 | | 4 | 1 | | 5 | 2 |

正書與解析夾冊不分售
86036G

日日系列

為一般讀者以及普高、技高、大專院校日
語課程，開發相應的聽、說、讀、寫訓練
或綜合性學習的教材，並依據內容提供適
切的練習題，期盼讀者藉此每日學習，提
升日語能力。

學完中級日文，
想來點內容有趣又能提升閱讀能力的日語讀本嗎？

《SURASURA! 日語讀解 進階篇》完全符合 N2 ～ N1 程度，

透過豐富的閱讀文本和練習題型，

訓練學習者長篇文章與圖表閱讀能力！

加碼補充相關主題的豆知識及日劇動漫清單，

帶你一窺日本道地文化，學習最接地氣的日文！

本書特色

☐ **最實用** 文章內容貼近生活、探討議題，深入認識日本社會！

☐ **最擬真** 全書測驗題仿照日檢考題編寫，輕鬆掌握考試趨勢！

☐ **最超值** 一併複習日檢重要單字文法，全方位提升日語實力！

誠摯推薦

津田 勤子／致理科技大學應用日語系 助理教授

曾秋桂／台灣日語教育學會理事長

ISBN 978-957-14-7601-8　(803)

NTD 350

三民網路書店
www.sanmin.com.tw

9 789571 476018

正書與解析夾冊不分售

860360